KB121434

아무튼, 클래식

# 아무튼, 클래식

김호경

코난북스

스마트폰으로 왼쪽 QR코드를 촬영하거나
링크트리(linktr.ee/amtnclassic)에 접속하면
책에서 소개한 음악 중 일부를 유튜브,
애플뮤직에서 감상할 수 있습니다.

# 차례

좋아하는 마음

## 아침의 마음

얼마 전 작은 강아지 한 마리를 입양했다. 매일 같이 들여다보는 유기견 보호소 SNS 계정에 새끼를 밴 유기견에게서 강아지 다섯 마리가 태어났다는 글이 올라왔다. 서둘러 어미 개의 병을 치료해야 한다고도 했다. 젖을 빨리 뗀 아이들 중 하나를 우리 집으로 데리고 왔다. 고만고만하게 꼬물대는 형제들 사이에서도 유독 더 치이고 밀리는 아이였다. 그 모습을 동영상으로 보긴 했는데 이렇게나 작을 줄은 몰랐다. 책상 위에 있는 30센티미터 자로 발밑에서 자는 구미 몸에 살짝 대보니 자 안에 다 들어오고도 2센티미터쯤 남는다. 발바닥이 젤리 같아서 이름은 '구미'라고 지어주었다. 며칠 새 적응해 집 안을 뛰어다니기도 하고 장난도 치고, 그러면서도 꿈에서 엄마 젖을 찾은 듯 맨입을 빠는 구미를 보고 있으니 애틋하고 포근하다.

아, 좋아한다는 게 이런 마음이지.

어떤 근사한 문장으로 이 책을 시작해야 할지 내내 고민했다. 내 머릿속 질문은 거창했던 것 같다. '클래식 음악이라는 세계는 어떻게 정의될 수 있는가' '클래식 음악은 오늘날 어떤 방식으로 유효한

가'처럼. 머리를 굴리고 어려운 음악 관련 책을 뒤적여도 영 감이 오지 않았다. 그러던 것이 연분홍색 발바닥을 만지다 보니 깨달아진다. 그런 질문에 답을 내릴 수 있을 리가 없다. 답을 할 수 있다 한들, 아무도 궁금해하지 않을 텐데!

SBS에서 방영한 〈브람스를 좋아하세요?〉라는 드라마가 있다. 4수 끝에 어렵게 음악대학에 들어간 늦깎이 음대생 채송아와 콩쿠르 입상으로 일찌감치 이름을 알린 유명 피아니스트 박준영의 이야기다. 등장인물 중 채송아의 가까운 친구 윤동윤이 있다. 중고교와 대학교에서 바이올린을 전공한 후 현악기를 수리하고 제작하는 공방을 운영하며 산다.

그를 오랜만에 만난 친구가 어쩌다 음악을 그만두게 된 거냐 묻는다. 동윤은 송아의 얼굴을 떠올린다. 송아는 생각만 해도 가슴이 쿵쾅거릴 만큼 바이올린을 좋아하고, 또 잘하고 싶어 하는데 자신은 그런 송아만큼은 음악을 평생 사랑하며 살기 어렵겠나는 생각을 하게 되었다고 고백한다. 대신 지금 하는 일만큼은 정말 잘하고 싶고 재밌다며, 행복하다는 말도 덧붙인다. 드라마 내용 전개에 그리 결정적인 장면이 아니었는데도 동윤이라는 인물 그리고 동윤의 이 대사를 몇 번이고 곱씹었다.

아마 나는 동윤의 위치에서, 동윤의 마음으로 클래식이라는 세계를 그려보고 싶었나 보다. 모든 걸 제쳐두고 음악에 헌신하는 여주인공 송아도 슈퍼스타 피아니스트인 남주인공 준영도 아닌, 조연인 동윤의 시선으로 작고 소중한 이야기들을 적어볼 수 있지 않을까, TV를 끄며 그렇게 생각했다.

작은 공방에 앉아 맑고 깊은 소리를 내도록 현악기들을 조심히 만지고 다듬는 그 마음, 악기를 시작한 지 얼마 안 된 어린 친구들을 애틋하게 바라보며 자신만의 방식으로 격려하는 그 삶, 무대 위 대단한 사람들의 이야기, 책 속의 위대한 역사나 철학보다 그런 마음, 그런 삶이 더 중요할지도 모른다.

어린 날의 나를 돌아보면 간절하기도 했다. '오늘'이라는 시간에 두 발을 딛고 사는 누군가와 서로 등을 두드려주는 순간이, 그런 장면들이 나에게는 정말로 필요했다. 클래식이라는 거대한 덩어리를 통째로 사랑하지는 못했지만 그 속의 작은 길들을 천천히 걸으면서 내가 겪은 순간들을 꽤 소중히 여겨왔다. 이 책을 담당한 이정규 편집자가 "어쩌면 베토벤, 모차르트 같은 이름이 한 번도 나오지 않는 조금 이상한 클래식 음악 책이 될지도 모르겠어요"라고 했을 때 그래도 된다는 생각에 설렜다(베토벤, 모차르트는 아니지만 음악가 이름이 많이 등장하기는 할 것이다). '아무튼'이라는 제목에 복잡미묘한 마음들을 쏟아붓고는 조금은 편안하게 '클래식' 이야기를 시작해본다.

클래식 음악을 공부하는 학생에게는 입학 시험이나 실기처럼 크고 작은 목표와 과제가 주어진다. 당장에 해내야 하는 무언가가 있으니 다들 요건에 맞춰 애를 쓴다. 그런데 졸업을 앞둔 시점이 되면 허공에 붕 뜨듯 홀로 멈추게 된다. 그때쯤 되면 들어주는 이는 줄고 매일매일의 연습도 의미를 찾기 어렵다. 송아처럼 뜨겁게 좋아하는 마음이 없다면, 준영처럼 연주 요청을 꾸준히 받는 게 아니라면, 지속하기가 어려운 것이다.

나 또한 주어진 틀에 맞게 곡 하나를 완성해내고, 수학 문제 풀 듯 화성학 문제를 공식대로 풀어내고, 1년 내내 같은 곡을 연습해 피아노 시험을 치르는 과정을 두 번이나 겪어 음악대학 작곡과에 들어갔다. 입시 과정만으로는 재능이 부족하다는 걸 알아채기가 쉽지 않다. 대학에 들어가고서야 선배, 동기 들 틈에서 허탈함과 조급함을 동시에 느꼈다.

잘하는 일을 더듬어 찾던 끝에 글을 쓰기 시작

해 음악 전문 기자가 됐다. 전공자 출신에 대한 편집부의 환대는 하루 반나절 만에 끝이 났고 정신없이 혼나며 배워나갔다. 그렇게 지난 몇 년 동안 꽤 많은 기사와 칼럼을 썼다.

클래식 음악에 대해 새로이 기록하고 전할 일은 얼마든지 있다. 늘 다른 연주자에 의해서 다른 방식으로 태어났다 사라지는 이 세계는 다 담지 못해 아쉬운 장면들로 가득하다. 나 또한 음악가들과 만나 인터뷰를 하며, 그들의 신비로운 체험에 대해 전해 들으며, 연주회장 안팎에서 벌어지는 반짝이는 순간들을 목격하며 클래식 음악이라는 세계를 글로 적는 즐거움을 만끽했다.

온 정성과 힘을 쏟아 일했다. 그리고 그러는 동안 마음속에 물음표를 하나 놓게 됐다. 그런데, 음악은 그저 음악 아닌가? 음악을 언어로 환원하는 일은 어떤 의미가 있지? 시대적 풍경, 역사적 사실, 사람들, 그들의 감정 같은 것에 빗대 표현하는 말의 잔치가 버거웠다. 더욱이 기술이 발전한 덕에 허세 섞인 수식을 통과하지 않아도 음악을 직접 경험하고 느끼는 일이 쉬워졌으니 물음표는 더 강하게 박혔다.

작곡가는 하나의 음 다음에 어떤 음을 적어 넣을지 결정하는 일을 한다. 청자는 첫 음으로부터 뻗

어나가는 그 흐름에 몸을 맡겨 느끼고 즐긴다. 창작
과 감상, 그 자체의 완결성에 무엇을 더 보탤 수 있
을까. 작곡을 공부한 사람의 고지식한 태도와 음악
가가 되지 못한 사람의 열등감 같은 게 그렇게 내 안
에서 뒤섞였다.

## 좋아하는 마음

순수하게 좋았던 첫 순간을 떠올리자면 까마득
하다. 세 살 터울의 동생이 엄마 품에 있을 때니 대
여섯 살 됐을 때였을까. 돌아가신 아버지는 트럼펫
연주자였다. 음악대학에서 트럼펫을 전공했지만 가
족을 돌보느라 음악과 상관없는 일을 했고, 아빠가
연주하는 모습을 본 건 그날이 유일했다. 테마파크
같은 야외 무대에 비슷비슷한 옷을 차려입은 오케스
트라 단원들 틈에서 아빠를 찾았다. 곡명 같은 건 기
억이 나지 않아도 그날의 풍경, 온도 같은 것이 꿈처
럼 남아 있다.

이렇게 말하면 누군가는 음악이 좋았던 게 아
니라 그냥 그 순간이 좋았던 것 아니냐고 되물을 수
도 있겠다. 맞다. 좋아하는 마음이란 그 마음의 주인
까지도 미처 다 알지 못하는 까닭이 뒤섞여 어떤 장

면처럼 남는 듯하다. 연분홍색 발바닥 냄새를 맡으며 웃음을 터뜨리는 순간을, 폴짝폴짝 뛰며 아빠의 연주를 듣던 어린 날의 행복한 기억을 말로 다 설명하기는 어렵다.

몇 해 전 12월에도 그랬다. 눈이 펑펑 오던 날 차이콥스키의 음악을 들으러 서울 예술의전당에 갔다. 그해 첫눈이라 그랬는지 음악회장을 찾은 사람들은 한껏 들뜬 모습이었고(첫눈이 오지 않아도 그런 자리의 대부분은 들뜬 관객들로 가득하다), 고단했던 나는 상대적으로 축 가라앉았다. 누구와도 말하고 싶지 않은 좀 쓸쓸한 마음이었다. 내가 앉은 객석만 푹 꺼진 듯 느껴지던 그날의 출연자는 피아니스트 손열음과 KBS교향악단. 손열음은 좋아하지만, 차이콥스키 피아노 협주곡 1번은 너무 익숙한 곡이고 해외 유명 오케스트라의 실연으로도 몇 번 접한 터라 사실 별 기대가 없었다.

막상 연주가 시작되자 무언가 뜨거운 게 올라오는 듯했다. 특히 피아노 선율은 그날의 내게 완벽한 위로였다. 고독한 작곡가가 스스로를 위로하듯 그려놓은 환상적인 아름다움이 처연하게, 손에 잡힐 듯 생동감 넘치게 펼쳐졌다. 덕분에 품게 된 온기를 가지고 꾹꾹 눌러 걷던 귀갓길의 그 마음까지, 음악을 좋아하게 되는 일에는 이렇게나 많은 요소가 개입한다.

음악을 듣는다는 건 현실과 떨어진 어느 세계를 여행하는 일과 비슷하다. 그런 세계 중에서도 감정적으로 풍부한 재미있는 것이 많은 세계라면 처음 마주했을 때와 두 번 세 번 다시 찾았을 때의 감흥이 다를 것이다. 물론 어떤 마음가짐으로 여행하느냐에 따라서도 보이는 풍경은 바뀐다. 누구와 함께하는지, 어떤 차림으로 어떤 표정을 지은 채 어떤 기분으로 여행하느냐도 마찬가지다. 그 조건을 모두 따져본다면 음악은 도무지 같을 수가 없다. 그렇기에 그 오래된 음악을 오늘에까지 반복하고 또 반복한다.

내가 몇 번이고 다시 찾고 싶은 세계를 전부 꺼내 보이자면 꽤 오래 걸릴 테다. 내가 사랑하는 클래식 세계에 가장 맨 위에 적어 넣을 작품을 꼽으려면 말러의 교향곡과 스트라빈스키의 초기 관현악곡이다. 나의 음악 취향은 잡식에 가깝고 그것을 스스로 자랑스럽게 여기는데, 내가 좋아하는 음악들을 선으로 이어본다면 이 작품을 중심에 두고 그 주변을 넓게 둘러싸고 있을 것이다. 고전주의에 뿌리를 깊게 내리고 새로운 소리 재료를 탐색해 전에 없던 음형을 창조한 대편성 관현악 작품들에 특히 관심이 많다. 밝고 아름다운 것보다 거대하고 어둑한, 파괴적인 분위기를 좋아하는 건 '취향'이라는 말로 추릴 수 있을 것이다.

　말러가 완성한 열 개의 교향곡을 몇몇 단어로 뭉뚱그려 말하기는 어렵지만 말러 특유의 음울함, 비극성, 허무, 격정, 분열, 표현의 과잉 같은 것이 있다. 1번 〈거인〉의 3악장을 예로 삼는다면 구전동요 선율을 더블베이스의 어두운 음색으로 길게 늘어뜨려 장송행진곡을 만들고는 그 뒤에 그로테스크한 춤곡을 이어붙이는 식이다. 말러의 아버지가 운영한 술 공장의 풍경, 동생들이 질병으로 줄줄이 죽어나가는 모습을 목격해야 했던 그의 삶을 참고하면 그의 음악을 이해할 수 있을까. 물론 이런 환경에 놓인다고 해서 누구나 이런 음악을 쓰는 건 아니다. 말러는 기쁨, 슬픔, 아름다움 같은 감정을 묘사하는 데서 그치지 않고 이중적인 표현들을 창조적인 방식으로 빚는다. 100명이 우스운 대규모 오케스트라 편성을 효과적으로 운영하는 능력도 말러라는 세계의 매력이다.

　발레 음악으로 쓰인 스트라빈스키의 〈봄의 제전〉은 에너지의 소요와 소모가 대단한 곡이다. 주술을 거는 바순의 신비로운 선율을 시작으로 생명의 태동을 묘사하는 현악기의 강렬한 일렁임, 원초적인 숨처럼 각기 다른 음색으로 터지고 포개지는 관악기, 타악기의 연속적인 고함이 이어진다. 그렇게 오로지 소리로 봄의 만개를 기원하며 대지의 신에게 의식을 올리는 과정을 보여준다. 도무지 미간을 펼 수 없고 등받이에 등을 대고 앉기 어려운 '뒤섞임'이 이 세계의 특징이다. 스트라빈스키는 리듬의 단위를 전투적으로 쪼개 긴장을 끌어올린다. 품위 있는 서사를 고집하던 과거의 음악들을 비웃는 것처럼 느껴지기도 한다. 본능적인 에너지를 원하는 대로 응축하고 집약해 하나의 흐름을 완성해내는 작곡가의 경이로운 기술을 좇다 보면 곡 안에서 최후의 춤을 추던 여인처럼 탈진할 것만 같다.

　　말러건 스트라빈스키건 작곡가들이 저마다 마련해놓은 세계로 들어가는 일에는 연주자의 역할이 절대적이다. 언젠가 지금 듣고 있는 이야기가 작곡가의 것인지 연주자의 것인지 헷갈린다는 생각을 한 적이 있다. 클래식 작곡가와 연주자의 관계를 시나리오 작가와 배우에 비유할 수 있을까. 원전 연극을 충실히 해석한 무대 연출가에 가까울까. 어찌 됐든 우리는 연주자가 안내하는 길을 따르지 않고는 어떤 음악의 세계에 다다를 방도가 없다. 그래서 뛰어난 연주자의 손을 잡고 작곡가의 영역으로 걸어 들어가는 기쁨에 대해서도 천천히 이야기하고 싶다. 생각지도 못한 길을 안내하는 연주자를 발견하는 즐거움도 클래식 음악 세계의 재미 중 하나니까.

음악은 늘 새롭고 나 또한 계속 변해간다. 그럼에도 어쩐지 한 번 좋아한 마음은 잘 바뀌지 않는다. 플레이리스트에 담기로 결정하는 건 한순간임에도 내보내는 일에는 영 미련이 남는다. 음악이 강아지처럼 살아 있는 존재도 아닌데 말이다. 어떤 방법으로도 결코 소유할 수 없는 예술이라는 점에서 듣는 사람과 음악 작품은 특별한 관계를 맺고 있는 것처럼 느껴지기도 한다. 점점 더 가까워지기도, 더 좋아지기도, 혹은 심드렁해지기도 한다. 특별한 이유가 없다면 관계가 완전히 끊어지지는 않을 것이다. 삶의 순간순간마다 마음을 나눈 음악을 천천히 떠올린다. 녹음물을 재생하고, 음상을 포갠다. 오롯이 즐거움만으로 음악을 만나려니 어쩐지 어색하기도 하다.

좋겠다, 차이콥스키는

음대 입시를 준비할 때 그래도 화성학(theory of harmony) 문제는 곧잘 풀었다. 표지가 누리끼리한 백병동 저 『화성학』 교재를 앞에서부터 천천히, 선생님이 시키는 대로 푸는 일은 그리 어려운 일이 아니다. 화음(chord)을 어떻게 구성하고 배치할지, 어떻게 음을 연결할지는 수학 문제 풀 듯 기본 공식만 잘 알아두면 얼마든 적용하고 응용해 착실한 학생이 될 수 있다.

　　일반 고등학교에서 음악대학을 준비하는 수준에서는 작곡 과제도 크게 다르지 않았다. 화성의 '옳은' 진행을 배워두었으니 보기 좋은 흐름으로, 적당한 길이로 완성해 내기만 하면 된다. 물론 그 안에서 멜로디를 짓는 능력이나 변주의 참신함, 그 외 여러 음악적 표현력을 평가 기준으로 삼겠지만, 일종의 밑그림 같은 걸 바탕에 그려두고 시작하는 셈이다.

　　나는 그게 나름대로 재미있었다. 위대한 작곡가가 되겠다거나 하는 생각은 하지 못했다. 그저 무사히 음악대학에 입학하고 싶었고 당시 유일한 조언자였던 아빠는 딸이 동요 작곡가가 돼서 안정적으로 살면 좋겠다고 했다. 작곡과 선배였던 남편은 음악 공부를 반대한 부모님에게 반항하려 가출까지 했었다는데 나는 적당히 착실한 학생, 그 이상도 이하도

아니었다.

말하자면 나는 음악을 블록 쌓기 하듯 했던 거다. 선생님이 마련해준 설명서를 바탕으로 약간의 창의력만 발휘하면 칭찬을 받지는 못해도 그 주의 레슨은 넘길 만한 어떤 모양을 만들어낼 수는 있었다. 생각해보면 그렇게 많은 시간과 비용을 들여 작곡 공부를 했는데 제대로 곡을 써본 적은 단 한 번도 없다. 그 사실을 당시엔 전혀 몰랐지만 말이다.

입학 시험에 어울리는 모양으로 음표 블록을 차곡차곡 쌓아 작곡 노트를 채웠다. 나는 그 정도만큼의 적당한 성실함으로 세상에 나왔다.

영화음악가 류이치 사카모토의 자서전 『류이치 사카모토, 음악으로 자유로워지다』 맨 앞 장에는 이런 내용이 실려 있다. 유치원생 꼬마 류이치는 한반 아이들끼리 돌아가면서 토끼를 돌보는 체험을 했다고 한다. 자신이 책임져야 하는 살아 있는 동물을 받아든 그는 땀을 뻘뻘 흘리며 토끼들이 먹을 풀을 챙겨준다. 그러고는 이런 숙제를 받는다.

"토끼를 길러보니 어땠나요? 그때의 마음을 노래로 만들어보세요."

류이치는 어리둥절한 마음으로 멜로디를 직접 쓰고 토끼의 눈은 빨갛다는 식의 가사를 붙였다고 한다. 나는 뭐랄까, 약간 기가 막혔다. 곡을 쓴다는 건 이런 거구나. 꼬마 류이치가 한 경험을 나는 대학에 입학할 때까지 해본 적이 없었다.

음악의 재료는 어떤 법칙이나 공식이 아니라 추상적인 생각, 구체적인 경험일 수도 있다는 걸 그제야 알았다. 작곡이란 작곡 공식을 배워 적용하는 일이 아니라 자신의 이야기 혹은 감각이어야 한다는 걸 너무 늦게 알아버렸다.

대학에 들어가 불행히도(!) 현대 사조의 음렬주의를 배우게 됐다. 서구 중심의 음악 관습을 깨부수려는 20세기 혁신가들 덕에 나는 그럭저럭, 사실은 엉망진창으로 대학 생활을 이어갔다. 이제껏 배운 모든 이론은 몽땅 내다 버려라, 최대한 귀에 낯설고 어렵게 음 조직을 만들어 그걸로 곡을 쓰면 된다, 이 정도로 음렬주의를 이해하고는 말도 안 되게 '음악'을 '썼다'. 작곡가 진은숙의 자서전 『미래의 악보를 그리다』에는 한국 음대에 이상한 방식으로 현대음악을 공부하는 학생들이 많다는 내용이 나온다. 내가 바로 그중 한 명이었다. 물론 좋은 선생님도 있었고 제대로 공부하려고 마음을 먹었다면 못 할 것도 없었다. 그러나 내 대학 생활은 연습실에 가방을 던져두고는 그 주변을 배회하며 시간을 죽이는 날들로 채워지고 말았다.

화성학은 있는데 '선율학'이라는 건 없다. 이를테면 건축물의 뼈대를 세우고 근간을 다지는 이론은 배울 수 있지만 장엄함이나 아름다움 같은 감흥을 자아내는 건 전적으로 작곡가의 독창성과 재능에 달렸다. 그 위대한 일을 한 번도 제대로 해본 적이 없는 나는 황홀한 선율을 기록해둔 작곡가들에게 신비감을 느낀다.

미학자들도 선율(melody)의 영역은 명확히 분석하지 못한다. 기껏해야 감상자의 논리적, 이성적 사고를 방해하는 감정 과잉을 지양해야 한다는 정도의 주장을 할 뿐이다. 실제로 음악학 영역에서 배우게 되는 많은 철학에서는 극도로 아름다운 음악을 경계하라고 가르친다. 음악은 차원 높은 추상 예술이고 이념과 진리를 포함하는 예술이니 선율이 통속적이고 세속적이면 오히려 방해가 된다는 내용이다. 나는 그런 책을 읽을 때마다 속으로 중얼거린다.

'멋진 선율을 쓰는 게 얼마나 어려운 일인지 알지도 못하면서… 재능을 타고난 몇 안 되는 천재들이나 할 수 있는 일이라고 이 바보들아!'

라흐마니노프는 생전에 전문가들로부터 손가락질을 받았다고 한다. 낭만주의 시대의 끝자락에서 작곡가들이 긴 흐름을 짧게 분절하며 새로운 시도를 거침없이 이어갈 때, 그러니까 19세기에서 20세기로 넘어가던 암울한 시대의 풍경과 처참한 인간상을 음과 음향으로 기록하기 시작했을 때, 라흐마니노프는 반대로 과거의 눈부신 유산을 끌어안고 관객들의 감성을 자극했다. 물론 청중은 가슴을 파고드는 그 선율에 열광했다.

라흐마니노프의 피아노 협주곡 2번은 온통 아름다운 선율로 가득하다. 피아노가 어둑한 화음으로 느릿하게 문을 열자마자 현악기의 거대한 일렁임이 펼쳐지고 그 유려한 굴곡이 3악장 내내 멈출 줄 모르고 이어진다. 피아노와 플루트, 클라리넷이 들려주는 2악장의 서정적인 노래, 3악장 빠른 리듬의 압도적인 피아노 연주 뒤로 이어지는 오보에와 비올라의 주제 선율. 피아노와 오케스트라가 꾹꾹 눌러 잇는 황홀한 선율들에 마음을 빼앗기지 않을 도리가 없다.

라흐마니노프가 써놓은 이 압도적인 드라마를 연주하는 피아니스트는 무아지경에 빠질 수밖에 없다. 그러나 아이러니하게도 연주자가 지나치게 감상에 젖으면 균형을 잃고 흔들리기 시작하고, 정작 청중은 음악에 몰입할 기회를 잃게 된다. 언젠가 꼭 엉

엉 우는 듯 연주하는 누군가의 영상을 본 적이 있는데 너무 느끼해서 도저히 끝까지 들을 수가 없었다. 드라마 〈밀회〉의 오혜원이 손열음을 두고 했던 유명한 대사를 바로 여기서 언급할 수 있겠다.

"손열음이 대단한 건 뜨거운 걸 냉정하게 읽어내서야. 그래야 진짜 뜨거운 게 나오지."

아닌 게 아니라 몇 해 전 평창의 야외 텐트에서 손열음이 붉은색 드레스 차림으로 들려준 라흐마니노프 피아노 협주곡 2번은 정말로 균형을 잃지 않은, 화려한 기교를 과시하지도 스스로에게 도취되지도 않은 뛰어난 연주였다. 같은 곡이어도 오자와 세이지 지휘의 보스턴 심포니와 협연한 크리스티안 지메르만의 녹음물은 절제미를 갖추고 있어 고독하고 쓸쓸하다. 그래서 더 슬픈 기묘한 감흥을 준다. 이와 달리 러시아의 데니스 마추예프는 엄청난 박력과 속도감으로 듣는 즐거움을 만끽하게 한다.

라흐마니노프 피아노 협주곡 3번도 2번 못지않다. 아니, 훨씬 더 압도적이다. 작곡가 자신이 뛰어난 피아니스트였던 만큼 피아노의 역동성을 극대화하면서 오케스트라와 효과적으로 조화를 이룬다. 영화 〈샤인〉에서 주인공 데이비드 헬프갓은 라흐마니노프의 악보를 손에 쥐고도, 무대 위에서 연주하고도, 아주 오랫동안 마음 놓고 울지 못한다. 라흐마니노프의 음악을 들으면 알 수 있다. 연주자로서 또 아들로서 평생을 시달린 결박과 압박에서 비로소 자유로워졌을 때, 장대한 프레이즈와 선율에 실린 멜랑콜리를 마음껏 누릴 수 있게 되었을 때, 헬프갓은 그제야 바로소 그 행복감에 목놓아 울 수 있었다.

라흐마니노프의 선율은 차이콥스키의 작품들에 많은 빚을 지고 있다. 위대한 선율이라면 차이콥스키의 대작들에서 수도 없이 찾을 수 있다. 특히 차이콥스키의 발레 음악은 당대에 부적합하다는 평가를 받기도 했다. 지나치게 아름다웠기 때문이다. 발레 음악은 무용수들의 몸짓에 방해가 되지 않을 만큼 분위기를 조성하는 역할만 적절히 해야 하는데 〈백조의 호수〉, 〈호두까기 인형〉, 〈잠자는 숲속의 미녀〉 같은 차이콥스키의 음악은 본분을 잊고 화려하게 튀어 올라 청중의 넋을 빼앗는다.

차이콥스키의 여러 작품 중 교향곡 6번 〈비창〉을 마스터피스라 여긴다. 1악장의 칸타빌레는 그저 마법 같다. 애틋하고 아득하다. 그 꿈같은 선율은 갑작스러운 소용돌이로 무참히 깨지는데 차이콥스키의 음악은 포효와 절규마저도 매혹적이다. 그러고는 그 아름다운 음색들을 동원해 한 번 더 꿈을 꾼다.

그 안에 푹 잠기고 싶어질 때도 있고 그저 멀리서 바라만 봐도 충만해질 때가 있다. 이 작품의 4악장은 음악이 할 수 있는 모든 것이다. 차이콥스키는 자신의 음악을 듣는 모든 청자 그리고 자신까지도 이 곡 안에서 느끼고 싶은 모든 걸 느끼게 만든다. 고요히 사라지듯 끝나는 마무리까지 완벽하다.

조금 전 저녁 동네 하천 길을 따라 걸으며 차이콥스키 피아노 협주곡 1번을 내내 흥얼거렸다. 종일 창을 꽁꽁 닫고 집에만 있었더니 영 답답해서 이어폰은 꽂지 않고 세상의 소리를 들었다. 자동차 소리, 목소리 큰 아저씨의 전화 통화 소리, 오리가 잠수했다가 솟아오르며 내는 물소리 같은 걸 들으며 1악장의 피아노 선율을 떠올렸다.

장중한 호른의 팡파르로 시작하는 피아노 협주곡 1번을 들을 때면 늘 가슴이 빠르게 뛴다. 피아노의 강력한 화음 연타, 현악기의 유려한 선율은 찬란함에 가깝다. 2악장 도입부에서 차례차례 얹어지는 플루트, 오보에, 첼로의 노래, 피날레까지 리드미컬하게 움직이며 빚는 피아노의 풍부한 울림들까지도.

차이콥스키는 어떤 식으로 곡을 썼을까. 머릿속에서 막 떠오르는 멜로디들을 정신없이 좇으며 써 내려갔을까, 모차르트처럼? 아마 여러 번 다듬으며 고쳐 쓰지는 않았을 것 같다. 그랬다기엔 너무나 유려하고 자연스럽다. 자연스러운 음악을 쓴다는 건 도대체 얼마나 대단한 일인가. 수많은 사람의 머릿속에 새겨질 만큼 아름다운 선율을 쓸 수 있는 능력은 운이 좋은 몇몇 예술가만이 가질 수 있다. 선천적으로 재능을 타고난 사람. '천재'라는 단어가 바로 그런 뜻 아닌가. 부럽다, 차이콥스키가. 무슨 결론이 차이콥스키를 부러워하는 것으로 난담.

작곡과를 졸업했다고 말하는 것조차 민망할 만큼 나의 작곡 인생은 허무하게 끝이 났다. 시작하지도 못했다는 말이 맞을 것이다. 그래도 그렇게 위대한 선율이 얼마나 귀하게 태어난 것인지, 아름다운 음악은 또 얼마나 어렵게 아름다운지 이렇게 안다. 그리고 그 아름다움을 글로나마 전할 수 있으니 조금 낫다고 할까. 좋겠다, 천재들은.

나를 둘러싼 세계

연세대학교 공대 건물에 있는 한 카페에 앉아 이 글을 쓰고 있다. 오늘은 토요일이고 건물 입구는 잠겼는데 내부 카페는 문을 열었다. 공대 학생으로 보이는 이의 도움으로 카페에 들어와 적절한 소음 속에 호사를 누리고 있다. 운동회를 열어도 될 만큼 넓은 공간에 움직임이 거의 없는 세 명이 멀찍이 떨어져 앉아 각자의 일에 몰두하고 있다. 나는 멍하니 나의 친구들, 동료들을 하나씩 천천히 떠올리고 있었다.

그러다 놀라운 사실을 발견했다. 클래식 음악으로 연을 맺은 내 지인이 딱 두 부류로 나뉜다는 것이다. 하나는 클래식을 공부한 집단, 다른 하나는 클래식을 자주 듣는 무리다. 클래식을 공부했고 클래식을 자주 듣는 사람은 없다. 클래식을 자주 듣는 사람은 반드시 클래식을 공부하지 않았다. 지나친 일반화인가 고민해보지만 과연 사실이다. 내 지인들만 놓고 보면 두 집단의 공통점도 하나 찾을 수 있다. 바로 클래식을 귀한 것이라 여기며 좋아한다는 것이다. 음, 아무리 생각해도 과연 사실이다.

클래식 음악을 공부한 동기, 선후배 들은 가르치는 일을 하거나, 독일, 프랑스 같은 곳에 눌러살며 자유를 모색하거나, 소설가를 꿈꾸거나, 아동복 사업을 한다. 지역 악단 구성원이 되거나 뮤지컬, 방

송계에 진출한 친구도 있긴 한데 그 수는 매우 적다. 더 드물게는 예술경영을 공부해 기획과 홍보 일을 하기도 한다. 음악을 업으로 삼은 그 얼마 안 되는 동문 둘과 며칠 전 줌 앱을 켜서 화상 수다를 떨었다. 언제까지 계속할 수 있으려나 잘 모르겠어, 뭔가 좀 더 재밌는 걸 찾아야 할 것 같아, 나도 언니처럼 글을 써볼까 같은 말을 나눴다.

가까운 관계 중에 출세한 음악가 친구는 없다. 출세라는 말이 너무 경박하다 싶어 그 자리에 '유명한' '잘나가는' 같은 단어로 바꿔 넣어보지만 경박스럽기는 마찬가지다. 명성 있는 콩쿠르에서 입상하고, 유명 오케스트라와 협연하고, 유럽이나 미국의 큰 공연장에 서는 그런 음악가는 매우 드문 존재다. 내가 좀 더 좋은 학교 출신이었다면 그 비율이 좀 높으려나. 어쨌든 '나머지' 음악 전공자들은 이렇게 산다.

클래식을 공부하지 않고 좋아하는 사람은 미지의 세계를 향한 신비감을 가지는 경우가 많다. 아주 어렸을 때부터 몸으로 음악 감각을 익히고 공부한 사람에게 갖는 동경이랄까. 손가락이 다 자라지 않고 귀가 다 트이기 전부터 음악을 접하고 그것들에 자연스레 반응해온 사람들만이 깨닫고 느끼는 음악의 정수 같은 것이 있다고 굳게 믿는다.

클래식 음악이라는 세계는 아름다움의 보고임이 분명하다. 그러나 현실감, 현재성 같은 것이 부재하다. 전문 클래식 연주자는 수년, 수십 년간 연주법을 열심히 익힌 후 옛날에 쓰인 곡을 연주한다. 전문 이론가 코스를 밟는다면 미학 체계를 열심히 공부해 옛날에 쓰인 곡을 분석한다. 클래식 작곡가는? 작곡법을 배운 후 옛 음악의 사조를 잇는 '창작 음악'을 만든다. 여기서 창작 음악이란 무조음악, 신고전주의 같은 이름으로 명명되는, 대중음악과는 한참 거리가 먼 하나의 음악 장르다. 클래식 음악이라는 학계 혹은 업계는 이렇게 돌아간다.

클래식 분야를 둘러싼 울타리는 매우 견고해서 많은 사람이 쉽게 드나들기 어렵다. 세월이 흐를수록 담을 낮추고 문을 열기보다는 점점 더 벽을 올리며 고립되어가는 듯하다. 화려하고 재미있는 모양으로 이목을 끄는 세상의 수많은 것으로부터 고유의 가치를 지키기 위한 고집일까(실제로 1918년경 작곡가 아르놀트 쇤베르크는 엘리트 관객만을 골라 받는 연주회를 기획해 지속하기도 했다).

게으름일지도 모른다. 울타리 안에서 세상 밖을 향해 작은 문을 내고자 애쓰는 사람은 때때로 대안 없는 비웃음을 사기도 한다. 유튜브가 생긴 후로는 조금 덜한 것 같기도 하지만. 그러니 울타리 안에서 인정받는 극소수의 예술가를 제외하고는 다들 그저 완전히 멀어지고 마는 모양새다.

클래식 분야에 백종원 같은 사람이 나타나면 좋겠다고 생각한 적이 있다. 요즘이야 요리가 흔해도 백종원이라는 인물이 나타나기 전까지는 이름 낯선 요리학교를 나온 권위 있는 남자 요리사가 보기 좋게 차린 음식이 주로 언론을 탔다. 요리책에 나오는 레시피라고 하면 꼭 들어본 적도 없는 채소나 향신료가 포함되어 있어 요리법을 알려주는 역할과 동시에 요리가 얼마나 어려운 것인지 느끼게 하는 역할도 했다.

백종원이 〈마이 리틀 텔레비전〉에 출연하던 때 꽤 많은 '정통파'로부터 비판이 있던 것으로 기억한다. 요리는 엄연히 전통과 역사가 깃든 것이고 그 자체로 문화와 다름없는데 편의와 실용만을 강조한다는 내용이었다. 그러나 동양과 서양 음식, 메인 요리와 디저트까지 모든 벽을 허물고 쉽게 누리도록 안내하는 그의 '근본 없는' 능통함에 많은 이가 반응했다. 덕분에 이제는 모두가 신나게 만들고, 신나게 먹는다.

클래식 음악계에 백종원 같은 사람이 어떤 방식으로 무엇을 할 수 있을지는 잘 모르겠다. 한쪽에서 각종 보급형 메뉴가 자유롭게 팔리고 만들어지는 한편 '정통' 요리 또한 발전이 이어지는 것처럼, 클래식 음악도 창조와 생산과 소비가 활발히 이루어지면 좋겠다. 아저씨, 바흐 골드베르크 변주곡 하나요. 푸드트럭 앞에서 이탈리아 정통 요리를 주문하듯 말이다.

이런 풍경이 현실화되지 않은 세상에서 나는 울타리 안팎에 돗자리만큼 작고 불안한 자리를 차지하고 앉아서는 이쪽저쪽 온통 못마땅해하는 불평 많은 인간이 되고 말았다. 울타리 안의 진중한 아이디어와 시도에는 좀 고지식한 거 아닌가, 누가 얼마나 듣는다고, 궁시렁거리는 한편, 울타리 밖의 놀랄 만한 새로운 기획에는 재밌긴 한데 저게 음악인가, 딴지를 거는 꼴이다. 그래봤자 방구석에서 남편이나 붙들고 하는 소리지만.

어제저녁에는 남편이 집에 들어와 옷도 벗지 않고 거실의 블루투스 스피커로 음악부터 재생했다. 박인영 작곡가가 편곡하고 서울시향이 연주한 레드벨벳의 〈빨간 맛〉을 들어보았느냐며 야단을 떨었다. 원곡의 아기자기함이 금관악기의 경쾌함에 실리고,

재즈 무드가 더해지고, 오케스트라의 웅장함으로 흥을 끌어올리는 멋진 편곡이다. 뮤직비디오도 있네 하고는 소파에 누워 휴대폰 하나로 영상을 같이 봤다. 세종문화회관 주변을 돌아다니며 춤추는 소년의 모습도, 리드미컬한 음표들을 쪼개 넣은 것도, 악기 하나하나의 특징을 살린 편집 컷들도 훌륭하다고, 오랜만에 뜻이 맞아 신나게 떠들었다. 자동차 경적이 울리는 거리를 가로지르며 소년은 연주의 여운을 흥겹게 되새긴다. 클래식 음악에서 백종원 같은 역할을 새로 생긴 SM의 클래식 레이블이 하게 될까? 이렇게나 쿨하고 재밌는 기획이라면 누구든 얼마든 계속하면 좋겠다.

어느 쪽에도 속하지 않은 채로 재미있는 장면이라면 이쪽저쪽 가리지 않고 글로 담는 자유로운 영혼이 되고 싶었는데, 실상은 이쪽저쪽 열심히 오가는 착실한 구경꾼, 그냥 소비자에 가깝다. 요즘은 정말 하나라도 제대로 하고 싶다. 도대체 뭐 하고 다니는 인간인가 자괴감이 들 때도 있다.

음악 잡지 기자를 그만두고 대학원에서 석사 과정을 밟고 있다. 최근에는 '디지털미디어와 문화 연구'라는 수업을 들으며 영국의 음악가 브라이언 이노의 작업물들을 분석했다.

1970년대에 머리를 길게 기르고 진하게 화장한 모습으로 밴드 록시뮤직에서 키보드를 치던 그는 솔로로 전향해 앰비언트 뮤직이라는 장르를 탄생시켰다. 앰비언트 뮤직은 말 그대로 공기, 분위기처럼 존재하는 음악, "청중의 의식 가장자리, 무게 없음과 원시성의 경계에서 떠도는 음악"이다.*

이노는 새로운 기술적 시도, 이를테면 매번 재생할 때마다 다른 음악적 결과물이 도출되는 '영원히 완성되지 않는 미디어' 같은 장치를 만들기도 했다. 또 데이비드 보위, 콜드플레이의 음반 프로듀서를 맡아 세계적인 흥행을 이룬 이력도 있다.

이노는 내 우상이다. '시대를 읽는 지적인, 성공한 예술가'. 그를 수식하는 이 문장에서 어느 하나의 단어도 빼놓지 않고 닮고 싶다.

클래식 음악학은 아주 오랫동안 듣는 사람을 외면하고 무시해왔다. 선율, 리듬, 형식 같은 음악의 내재적 요소만으로 가치를 평가한다. 그 아름답고 위대한 것들을 귀로 발견해낼 수 있는지, 미학 지식을 얼마나 갖춘 채 음악을 듣고 있는지 따져 묻는다.

* 알렉스 로스, 『나머지는 소음이다』, 김병화 옮김, 21세기북스, 2010, 762쪽.

지독한 엘리트주의가 깃들어 있다.

나는 오늘날의 '분절된' 음악 감상 방식에 관심이 많다. 손쉽게 음악을 재생하고, 주도적으로 고르지 않은 음악을 무작위로 듣고, 듣는 도중 쉽게 다른 곳에 정신이 팔리고, 각종 소음과 시각적 자극으로 뒤섞이는 그런 음악 경험에 관심을 두고서 이런저런 복잡한 책을 뒤적이며 논문을 준비하고 있다.

영화 〈그녀(Her)〉를 만든 스파이크 존즈가 연출하고 음악가 FKA 트위그스(FKA twigs)가 출연한 첫 번째 스마트 스피커 '홈팟' 광고가 넋이 나갈 만큼 좋아서 얼마 전 세미나에 들고 가 호들갑을 떨었는데 다들 별 반응이 없어 조금 실망했다.

붐비는 지하철을 타고 터벅터벅 퇴근해 집 안에 들어선 FKA 트위그스가 '시리'를 불러 자신이 좋아할 만한 음악을 틀어달라고 말하는 장면으로 영상은 시작한다. 음악의 문으로 들어가는 간편한 방식 그리고 생생한 음질이 FKA 트위그스를 둘러싼 사물들을 늘리고, 부수고, 뒤바꾼다. 테이블도 늘어나고 소파도 늘어나고, 그러다 한쪽 벽이 무한히 확장되더니 거울을 내밀며 잊고 살던 자아를 찾도록 안내한다. 내면을 들여다보며 기뻐하라고, 잠재력을 깨우라고 메시지를 던진다. 개개인마다 하나의 공간을 창조하고, 그 안에서 누릴 만한 것을 발견하여 즐기는 게 현대의 음악 감상 방식이다.

이듬해 나온 무선 이어폰 에어팟의 흑백 광고도 같은 맥락이다. 조커처럼 억지 미소를 장착한 채 일터로 출발한 요안 부르주아가 에어팟으로 자신만의 감각 세계를 창조하게 되며 마을 전체를 트램펄린처럼 느낀다는, 푹신푹신한 아스팔트 거리를 걷고 콘크리트 벽에 몸을 던져도 몰랑몰랑하게 튀어 오르는 경험을 하게 된다는 내용이다. 저마다 다른 사람들에게 방해받지 않는 감각 세계를 창조해 누리라고 소음 차단 기능까지 안내한다(프랑스 무용수 요안 부르주아의 작업물 중에는 피아니스트 알렉상드르 타로가 연주한 드뷔시의 〈달빛〉 연주에 맞춰 춤을 추는 영상도 있다. 새로운 감각의 문을 열어주는 뛰어난 퍼포먼스다).

어쩌면 이제 음악은 위대한 가치를 지니는 예술 작품이라는 권위를 벗고 그저 시끄러운 도심의 소음을 덮기 위해 존재하거나, 상념을 잊기 위한 도구로만 활용될지도 모른다. 물론 사람들이 시시하고 보잘것없는 '덮개'를 사용하진 않을 것이다. 아마 더 미묘하고 섬세한 기술 혹은 이야기를 요구할 것이다. 음악은 어디로 나아갈까. 이런 근원적 질문의 난처함이란!

오늘도 여기까지 운전해 오며 차체를 때리는 폭우 소리와 함께 프로코피예프의 발레 음악 〈로미오와 줄리엣〉을 크게 들었다. 발레리 게르기예프가 지휘한 런던 심포니 음반이다. 나는 프로코피예프가 쓴 〈로미오와 줄리엣〉을 좋아한다. 그중에서도 비를 뚫고 달리면서 크게 듣는 〈로미오와 줄리엣〉을 좋아한다. 클래식 세계에서 〈로미오와 줄리엣〉은 그저 〈로미오와 줄리엣〉일 뿐, 빗소리와 포개지는 경험은 전혀 고려 대상이 아니다. 대학원에 있는 동안 듣는 사람이 주인공인, 음악 감상 행위가 만들어내는 다양한 장면을 포착해 글로 적으려 한다.

얼마 전 어려운 책을 읽다 '룸펜 인텔리겐치아'라는 단어를 알게 됐다. '룸펜'은 직업이 없는 사람을 뜻하는 독일어, '인텔리겐치아'는 지식인이다. 그러니 놀고 먹는 지식인이라는 뜻. 사전에서 뜻을 찾아 읽고는 오, 이제부터 내 꿈은 룸펜 인텔리겐치아, 생각하다 스스로 한심해 기가 막혔다.

브라이언 이노처럼 시대를 읽는 지적인, 성공한 예술가로 살 수 있다면 정말 좋겠다. 저녁 공연을 본 뒤 단 몇 분 만에 담배를 피우며 도발적인 비평을 써서 보냈다는 뉴욕타임스의 평론가 해럴드 C. 숀버

그처럼 카리스마 있는 문인으로 늙으면 좋겠다는 상상도 한다. 미래에 대한 지나친 걱정은 때때로 현재의 추동력을 잃게 한다. 일단 오늘은 과제를 하자. 읽어야 할 책을 읽고, 써야 할 글을 쓰자. 뭐라도 열심히 하다 보면 '나를 둘러싼 세계'에 대한 소개를 지금보다 간결하게 끝낼 수 있을지도 모르겠다.

피아노가 그린 장면들

피아노 독주회를 보러 가면 무대 위에 덩그러니 놓인 피아노가 때때로 생경하게 느껴진다. 웅성웅성하는 사람들 속 아득하게 혹은 고독하게 연주자를 기다리는 피아노.

묵직한 문을 통과해 사람들의 박수를 들으며 저 피아노 앞까지 걸어 들어가는 연주자의 마음이란 너무 아찔해서 상상조차 어렵다. 연주자가 늘 몸에 지니고 다니는 다른 악기의 연주를 들을 때와는 감흥이 사뭇 다르다. 단지 몸집이 커서일까, 아니면 관객들의 기대 어린 시선 속 연주자와 악기가 만나는 그 극적인 장면부터 시작해서일까. 종종 연주자가 검은 악기의 품속으로 빨려 들어갈 것 같다는 생각을 한다. 관객에게 오른쪽 얼굴을 보인 채 앉은 피아니스트는 건반을 두드림으로써 피아노를 노래하게 하거나 이야기하게 한다.

연주자가 건반을 누르면 연결된 현들이 공명판을 울리고 그 파동이 청중의 귀에 가닿는다. 한 음을 누르면 그 순간부터 소리는 작아진다. 현악기나 관악기처럼 음을 길게 끌거나 점점 크게 소리 낼 수 없다. 연주자는 계속해서 손가락을 움직이며 음악을 이어간다. 이런 특징을 떠올리면 악기의 존재감이 더 크게 더 위협적으로 느껴진다. 마치 안데르센의

빨간 구두 동화처럼, 발목을 자르지 않고는 그 아름다운 몸짓을 멈출 수 없을 것처럼 그렇게 생각하게 되는 거다.

피아노는 독주 악기로 완벽하다. 듣고 싶은 어떤 이야기도 다 들려줄 능력이 있다. 바흐의 절제된 노래를 들려줄 수도 있고 슈만이 그린 유약하고도 아름다운 그림도 자연스럽게 펼칠 수 있다. 쇼팽의 기품 있는 유려한 흐름에 하염없이 빠져들게 만드는 것도, 리스트나 라흐마니노프의 스펙터클을 만끽하게 하는 것도 전부 피아노가 하는 일이다.

연주자는 허리를 한껏 굽힌 채 섬세한 소리를 토해내거나, 양팔을 몸에 붙인 채 정돈된 소리를 고르거나, 온몸에 힘을 실어 희열을 만들거나, 피아노 앞에 앉아 그런 일들을 한다.

그림을 잘 그릴 줄 안다면 스케치해두고 싶은 장면들이 있다. 피아니스트 피에르 로랑 에마르의 표정. 청중의 지적 만족을 끌어 올리는 심도 있는 연주를 들려주고는 어진 선비처럼 웃어 보이던 커튼콜 장면이 아직도 선명하다. 크리스티안 지메르만의 뒷모습. 이성과 감성이 완벽하게 균형을 이룬 황홀한 연주를 선보인 후 미련 없이 무대를 떠나던 모습도 행복한 기억으로 남아 있다. 알렉상드르 타로가 자아낸 고독감, 순수한 기쁨을 느끼게 해준 랑랑의 손짓, 결코 연륜으로 포장하지 않는 엘리소 비르살라제와 마르타 아르헤리치의 날 선 소리, 카티아 부니아티슈빌리의 에너지…. 이렇게 생각나는 대로 다 적다간 꽤 많은 시간과 지면이 필요할 것 같다. 실연이 아닌 영상으로만 접한 오래된 기록물까지 포함하면 몇 배는 더 걸릴 것이다.

피아니스트가 되어 무대에 선 경험은 몇 살이었는지도 기억이 나지 않을 만큼 어린 시절의 동네 경연대회가 전부다. 우스꽝스러운 옷차림으로 꽃다발을 들고 서 있는 꼬마의 사진을 보고 한 번씩 웃을 뿐이다.

페이지터너로 무대에 오른 일은 여러 번 있다. 페이지터너는 눈이 빠지도록 악보를 노려보다 옆에 앉은 연주자의 호흡, 들썩임 같은 것을 예민하게 느끼며 적절한 순간에 악보를 착, 착 넘기는 역할을 한다. 그 공간에 있는 누구도 중요하게 여기지 않지만 페이지터너는 절대적인 존재다. 한번은 우리 학교에 출강하던 선생님이 쓴 매우 빠르고 정력적인 피아노 이중주 연주회에 페이지터너로 선 적이 있다. 그때 나는 연주를 다 마치고 집에 돌아와 몸살을 앓았다. 직접 연주한 것도 아닌데 말이다.

악보를 넘기는 일만으로도 몸이 아플 지경인데 독주를 하고 협연을 한다는 건…. 피아니스트로 활동하려면 재능과 실력뿐 아니라 배짱과 용기를 타고 나야 함이 분명하다.

글렌 굴드가 무대를 떠나 녹음 스튜디오로 숨어 들어간 이유를 알 법도 하다. 굴드 전에 쇼팽도 무대를 거부하곤 했다. 쇼팽은 피아노를 세게 두드리는 소리를 못 견뎠다고 한다. 그래서 시끌시끌한 연주회장에서는 '진짜 음악'을 기대하기 어렵다며 살롱 같은 가족적인 분위기에서 연주하기를 즐겼다. 글렌 굴드 역시 관객들이 마치 참사가 벌어지길 기다리는 것 같다며 녹음실이라는 평온한 경계 속으로 스스로 걸어 들어갔다. 쇼팽과 굴드는 피아노의 다양한 목소리 중 기교나 과장보다 시적인 미묘함을 추구한 음악가로 분류할 수 있을 것이다.

쇼팽의 많은 피아노곡 중 단 하나만 꼽자면 소나타 2번을 이야기하고 싶다. 음악을 들으면서 글을 쓰려고 그리고리 소콜로프의 연주 음반을 마 재생했는데 1악장 도입부부터 말을 고르던 행위를 그저 멈추게 만든다. 왼손 저음부의 격렬한 움직임과 오른손의 날카로운 화음들, 정반대 정서를 품은 고요한 상념의 두 번째 주제, 두 테마가 대립하며 뒤섞인다.

자유로운 발상과 안정감 있는 구조, 대범한 시도와 정교한 전개, 이러한 이질적 특징을 동시에 품은 마법 같은 곡이다.

2악장의 옥타브 연타와 느린 주제 역시 불필요한 장식 하나 없이 정제된 우아한 흐름을 보인다. 그리고 3악장의 꾹꾹 눌러 잇는 장송 행렬. 장엄한 비애감 끝에 흘러나오는 선율에서도 쇼팽은 섣불리 감상에 빠지는 것을 경계한다. 1분 30초쯤 무언가 중얼거리는 듯하다가 끝나버리는 4악장은 작곡가 스스로 천재적 영감을 믿고 내버려둔 순간의 기록일지 모른다.

쇼팽의 피아노곡들은 오래 반복하며 마음껏 사랑할 수 있지만 슈만의 피아노곡들은 때때로 버겁다. 쇼팽과 슈만 둘 다 엄청난 재능을 타고나고도 쇼팽이 재능을 마음껏 펼치고 누린 반면 슈만은 재능이 자신의 삶을 갉아먹도록 내버려둔 듯하다. 망상과 환각에 자주 시달리며 괴로워했다는 기록으로도 알 수 있듯 작품 속 그의 빛나는 아이디어들은 때로 쇼팽의 음악과 달리 통제력을 잃은 채 충동적으로, 무아지경으로 나아간다. 그래도 덕분에 완전히 창의적인 피아노 작품들이 음악사에 남았다. 그의 작품 속 모든 이야기는 철저히 슈만 개인의 것이다.

클라우디오 아라우가 연주하는 슈만의 환상곡 C장조를 막 재생했다. 열정적인 슬픔. 슈만은 열정적으로 뜨겁게 슬퍼한다. 그에게 사랑이란 어쩌면 죽음과 닮은 것이었는지도 모른다. 체념과 절망, 애절함과 갈망 같은 것들이 뒤섞인다. 걷잡을 수 없는 감정적 동요를 간신히 주워 담아 스스로 한 번씩 다독이려는 듯 슈만은 여러 번 긴 종지(終止, cadence)를 마련한다. 이토록 자신에게 솔직한 작곡가라니. 슈만에게는 자신의 음악을 들을 다른 사람들보다 자기 내면의 소리가 더 중요했을 것이다. 그래서 어쩐지 더 소중한 마음으로, 고마운 마음으로 듣게 된다.

피아노 리사이틀 형식을 세상에 전파한 건 쇼팽, 슈만과 같은 시대를 산 작곡가 겸 피아니스트 리스트다. '짐이 곧 국가다'라는 말을 빌려 '내가 곧 콘서트다'라고 했다던데 정말일까? 그렇다면 좀 민망하다. 리스트의 연주회는 다른 악기가 없어도 지루하기는커녕 객석에 있던 여자들이 실려 나갈 만큼 버라이어티해서 이후로 피아니스트들이 그처럼 독주회를 열기 시작했다고 한다.

리스트의 독주회가 재미있었던 건 화려한 연주 퍼포먼스를 선보였기 때문이기도 하고 피아노 한 대로 오케스트라를 연주하는 효과를 냈기 때문이기도 하다. 리스트의 피아노곡들은 대개 다채롭고 화려하다. 분명 과시적이고 과장된 표현이 많은데, 그럼 거부감이 들 만도 한데 그게 또 넋이 나갈 만큼 좋다.

리스트의 피아노곡 중 내가 가장 좋아하는 작품은 피아노 소나타 B단조다. 연주자로 하여금 여든여덟 개의 건반을 자유롭게 오가며 쇼팽이 경악할 만큼 악기를 세게 내려치게 만들기도, 미묘한 표현들로 풍부한 감흥을 빚어내게 하기도 한다. 리스트가 곡을 쓰기 시작한 후부터 피아니스트들은 아마 팔과 손가락뿐 아니라 몸 전체를 쓰기 시작했을 것이다. 피아노 소나타 B단조는 기세등등하게 역동적으로 앞으로 나아가면서도 구조적으로도 통일감을 잃지 않아 완성도가 뛰어나다. 블라디미르 호로비츠가 이 곡을 연주한 녹음 기록을 듣자면 피아노라는 악기가 가진 모든 것을 만끽할 수 있다.

피아니스트들은 그러니까 악보 위에 적힌 이 위대한 이야기를 다 읽고도, 뛰어난 연주 기록물들을 웬만큼 다 듣고도 또 다시 무대에 뛰어드는 것이다. 어떻게 그럴 수 있을까.

완성된 그림이나 글을 내놓는 화가나 문학가와 달리 연주자들은 청중이 지켜보는 가운데 자신의 이야기를 풀어내고 그림을 그려나간다. 사사로운 이 글 하나를 쓰면서도 몇 번을 고치고 고민하는데, 이 과정을 누군가 보고 있다고 생각하면 한 문장도 채 못 쓸 것 같은데, 피아니스트들은 수백 수천 명 관객 앞에서 몇 십 분의 과정을, 그것도 여러 번 해낸다. 놀랍다. 몸으로 행하는 예술가들을 동경하게 되는 이유다. 대담함 그리고 솔직함.

피아니스트의 마음이라면 알렉상드르 타로가 쓴 에세이 『이제 당신의 손을 보여줘요』에 완벽하게 기록되어 있다. 타로가 들려주는 음악만큼 그 문장이 너울너울 유려해서 단숨에 읽고 또 읽었다.

타로의 말에 따르면 그에게는 무대가 집이다. 타로는 집으로 돌아가기 위해 공허와 침묵과 고독의 시간을 보낸다고 한다. 여행의 거리, 머무는 날 수에 따라 크기가 다른 여덟 개의 가방을 골라 들고는 세계 곳곳의 '집'으로 향하는 그의 '고행'이 한 권의 책으로 기록되어 있다.


내가 그만두리라 상상하지 않는 날이 없다. 하지만 무대가 그걸 허락하지 않는다. 나는 무대 없이는 결코 살아가지 못할 것이다. 우리는 평생 동안 묶였다. 삶이 곧 무대다. 지불해야 할 대가는 끊임없는 이동과 격리와 고독이다. 무대 경험에 비하면 그런 대가는 아무것도 아니다.*

　객석에 앉아 보고 듣는 음악에 대해, 그 의미에 대해 다시 생각한다. 음악이란 참 아무것도 아닌데 또 결코 아무것도 아니지 않다. 단지 음악일 뿐이라고 여기고 싶은데 그 절대적 존재감이 자꾸 의미를 부여하게 한다. 좋아하는 피아노곡 몇 곡을 말하고 있을 뿐인데 또 이렇게 진지해진다.
　연주를 앞두고 긴장한 피아니스트 예핌 브로프만이 첼리스트 겸 지휘자 므스티슬라프 로스트로포비치의 방에 찾아가 도움을 받았다는 그 말을 떠올리는 편이 나을 것 같다.

　"잊지 말아요. 오늘 밤 무슨 일이 벌어지든
　우리는 연주를 마치고 나가서 멋진 저녁을 먹을
　거라는 걸. 우리는 실수하면 모두 죽게 되는
　비행기 조종사는 아니잖아요!"**

＊　알렉상드르 타로, 『이제 당신의 손을 보여줘요』, 백선희 옮김, 풍월당, 2019, 82쪽.
＊＊　스튜어트 아이자코프, 『피아노의 역사』, 임선근 옮김, 포노, 2015, 91쪽.

# 바흐가 가르쳐준 것

살면서 부모님 속을 그리 많이 썩인 것 같지는 않은데 그중 제법 굵직한 사건 하나를 음대 첫 입시에 실패하고 재수생이던 때 터뜨렸다. 대뜸 음대 대신 법대에 가겠다고 선언했다.

"엄마 아빠, 앉아보세요. 나 생각해봤는데 아무래도 나 법대에 가야겠어요. 법대가 나한테 맞는 것 같아."

어려운 살림에 한 주 한 주 힘겹게 레슨비를 모아 내던 우리 엄마는 드라마에서처럼 이마에 손을 짚고 그대로 누워버렸다.

클래식 작곡과에 진학하려면 작곡, 피아노, 시창·청음, 화성학, 무려 네 과목의 시험을 치러야 했고 시험을 치르기 위해 각 과목마다 레슨을 받아야 했으니 그 배움을 위한 비용은 우리 집 형편에 부담 그 자체였다. 그 공부를 1년 더 해야 하는 재수가 확정되었을 때 엄마는 정신 수양을 하듯 입을 닫아버렸다. 그런 엄마에게 법대에 가겠다고 했으니 엄마는 그땐 정말 앓아눕다시피 했다.

결국 한바탕 소란으로 끝이 났고 나는 진학을 위한 준비를 착실히 마쳤다. 입학 원서를 쓰는 때에 나는 기어코 원서 세 장 중 하나를 법학과에 냈지만, 법대에서는 부족한 수능 성적을 이유로 날 거부

했다. 머쓱함을 숨긴 채 아무 일도 없었다는 듯 나는 그렇게 음악을 가르쳐주는 대학에 진학했다.

음악을 그냥 좋아하는 것과 음악이라는 일의 의미를 찾는 건 다른 문제다. 부모님을 힘들게 하면서까지 음악 공부를 이어가는 게 싫었다. 현실적인 성취를 이루고 싶었다. 세상엔 중요한 일이 너무 많았다. 머나먼 추상적인 아름다움을 좇기에는 하루하루 크고 작은 문제들이 발에 챘다. 예를 들면 당시 미친 듯이 오른 등록금을 두고 학생들이 데모하던 시기였는데 나는 한겨레 독자 투고란에 '누구를 위한 등록금인가'라는 글을 써 보내 지면을 얻었다. 손에 잡히지도 않는 오선지 위의 음들을 두고 고민하는 일보다 내 글이 실린 종이 신문을 손에 쥐는 일, 알바비가 찍힌 통장 내역을 확인하는 일이 더 급하고, 기뻤다. 에너지를 발산할 통로를 찾고 그 에너지가 어디에 쓰이고 어떤 모양이 되어 다시 나에게 돌아오는지 확인하는 일이 중요했던 거다.

반면 클래식 음악을 공부한다는 건 작품의 내적 원천을 발견하고 그 에너지를 끌어올리는 작업이다. 음, 화성, 박자를 하나하나 고려하면서 어떻게 청각적·정신적 구조물을 세울지 끊임없이 고민하는 행위다. 당시의 나는 그 일에서 도무지 어떤 의미를 발견하기가 어려웠다.

배우 에단 호크가 감독한 다큐멘터리 〈피아니스트 세이모어의 뉴욕 소네트〉(2014) 첫 장면은 여든이 넘은 피아니스트 세이모어 번스타인이 자연스러운 옥타브 연주법을 두고 고심하는 모습을 비춘다. 번스타인은 미리 손가락을 벌려두면 조금 더 나을지, 어떻게 하면 미스 터치를 피할 수 있을지 걱정하다가 이윽고 해결 방법을 찾은 듯 외친다.

'got it!'

음악이란 이런 거다. 영화 안에서 번스타인이 비유하듯 음악이라는 우주의 질서를 발견하고 이를 세상 사람들이 들을 수 있도록 준비하는 일이다. 그러니 음악가는 더 많이 책상 앞에 앉아 있어야 하고 웬만하면 고립되어야 한다.

20대 초반의 내가 이걸 알 리 없었다. 음악가의 일이 무엇인지, 음악의 가치가 발현되기까지 어떤 과정이 필요한지, 제대로 알지도 못한 채 반감만 차곡차곡 쌓아올렸다. 아무도 듣지 않는 음악이 무슨 소용이람. 도 음을 부드럽게 치든 느리게 치든 그게 그거 아닌가. 요즘 같은 세상에 참 답답하네. 바흐를 공부하기 전까지는 정말 그랬다.

바흐의 〈골드베르크 변주곡〉은 어렸을 때부터

좋아했다. 왜 좋은지는 몰랐다. 그냥 바흐가 멜로디를 잘 써서 좋은 줄로만 알았다. 〈골드베르크 변주곡〉은 배우면 배울수록 깊이 빠져들 수밖에 없다. 그 안에서 수학적 논리를 발견할 수 있기 때문이다. 주제가 되는 첫 곡을 시작으로 30개의 변주가 이어진 후 다시 첫 곡을 반복하며 끝마치는데 16번 변주곡을 기점으로 음악적 대칭을 이루고 있고, 카논 형식을 취하는 세 번째 변주마다 두 개 성부(양손) 사이의 음정이 1도씩 벌어진다.

이 곡은 오른손은 멜로디, 왼손은 반주로 나뉘는 일반적인 피아노곡과 달리 오른손도 왼손도 멜로디를 연주하게 하는 대위법을 취한다. 어느 하나의 성부만 연주하더라도 충분히 노래답다. 그러면서도 두 성부가 완전히 조화를 이루며 앞으로 나아간다.

그래서 바흐의 음악은 종종 건축물에 비유된다. 맞닿은 두 건축물이 편리하면서도 미학적인 만족감까지 갖추고 있다. 안으로 깊숙이 들어가 자세히 살펴보아도, 밖에서 멀찍이 떨어져 바라보아도 도대체 이게 어떻게 가능한지 그저 놀랄 수밖에 없다. 그게 바로 바흐의 음악이다.

도 음을 부드럽게 치든 느리게 치든 그게 그거 아닌가 하는 질문은 그래서 바흐가 빚은 이 우주의 질서를 발견하고 나면 달라진다. 이 세계에서는 그 사실이 무척이나 중요해진다. 별 하나가 살짝만 위치를 바꾸어도 별자리가 달라지듯 표현의 섬세한 차이만으로도 전혀 다른 의미를 만든다. 그렇기에 음악가들은 책상 앞에 혹은 악기를 앞에 두고 앉아 음 하나하나에 어떤 뉘앙스를 입힐지, 선율 하나하나에 어떤 이야기를 부여할지 고민하고 또 고민한다. 클래식 음악을 오랫동안 들여다보고 연주하는 이유를 나는 바흐를 통해 알았다.

바흐는 청중이 아닌 자신의 즐거움과 신의 영광을 위해 곡을 썼다고 한다. 사람들을 놀라게 하거나 감동하게 하려는 의도 같은 건 찾아보기 어렵다. 해학적인 면도 없다. 그저 음이 놓여야 할 곳에 음을 가져다놓는다. 필연적인 움직임을 발견해 배치한 바흐의 음악에는 그런 태도가 엿보인다.


무엇을 연주해야 할지를 손가락에게 지시하는 게 아니라, 손가락한테 무엇을 써야 할지 배우고 있는 것이다.[*]


* 요한 니콜라우스 포르켈, 『바흐의 생애와 예술 그리고 작품』, 강해근 옮김, 한양대학교 출판부, 2020, 73쪽.

바흐가 어떤 인물인지 〈골드베르크 변주곡〉이
어떤 의미를 지니는지 잘 알지 못했을 때나 알고 난
이후에나 이 곡을을 자주 재생한다. 그중에서도 피
아니스트 안드라스 쉬프의 연주는 평온함을 준다.
역시 재미있는 건 글렌 굴드 버전이다. 그렇게 많이
들었는데 바로 며칠 전에도 글렌 굴드의 1981년 녹
음반을 듣고 눈물이 찔끔 났다. 너무 쓸쓸하고 또 아
름다워서, 아마도 그랬던 것 같다.

　　바흐의 작품이라면 그래, 연주자는 어두운 색
옷을 갖춰 입고 관객들에게 요란스럽지 않게 인사
를 하고 시작해야 한다. 바흐를 연주하는 음악가라
면 금욕적인 태도로, 감정의 굴곡을 납작하게 누를
줄 알아야 한다. 관객들도 명상하듯 듣고 여운이 완
전히 사라질 때를 기다렸다가 시끄럽지 않게 박수를
보내야 한다. 연주자 못지않게 인내하는 태도를 가
져야 한다. 클래식 연주의 관습을 이해하고 받아들
이도록 한 것, 그 또한 바흐가 한 일이다.

　　글렌 굴드는 청중을 위한다민 그들을 명상으로
이끌어야 한다고, 이 일을 몇 천 명의 사람들 앞에서
하기는 어렵다고 이야기했다. 바흐의 음악을 중심에
두고 이야기하자면 나도 그의 말에 깊이 동감한다.
음악의 정말 중요한 역할은 소통보다 명상인지도 모

른다. 얼마나 많은 사람이 듣고 감동하느냐보단 단 몇 사람이라도 고요히 생각에 잠길 수 있고 사색과 관조의 시간을 보낼 수 있다면, 클래식 음악의 가치란 거기서 발현된다.

피아니스트 글렌 굴드는 연주자 중에 평전으로 가장 많이 다뤄진 인물이 아닐까 싶다. 그중 프랑소와 지라르가 감독한 다큐멘터리 〈글렌 굴드에 관한 32개의 이야기〉와 상드린 르벨이 그린 책『글렌 굴드: 그래픽 평전』을 좋아한다. 복잡한 내면을 지닌 인물이라 그런가 글보다 이미지가 더 와닿는다.

지라르 감독은 재밌게도 〈골드베르크 변주곡〉의 구조와 똑같이 서른두 개의 제목을 달아 굴드라는 입체적 인물에 다가서려 시도했다. 그중 한 에피소드로 노먼 맥라렌 작가의 '굴드, 맥라렌을 만나다(Gould Meets McLaren)'라는 애니메이션 작품이 실려 있다. 3분 10초 남짓한 굴드의 피아노 연주에 맞추어 여러 개의 구가 우주처럼 보이는 무한한 공간에서 기하학적인 질서에 따라 부드럽게 움직이며 포개지고 나뉘길 반복한다. 규율과 계산을 완벽히 지키면서도 유창하게 흐르는 바흐의 작품 그리고 그것들에 창조적 숨을 불어넣은 굴드의 해석을 잘 반영한 좋은 기획이다. 르벨의 그림책은 시간의 흐름을 거스르며, 또 굴드의 현실과 이상을 오가며 깊이 있는 해석을 들려준다.

굴드의 바흐 연주가 특별한 이유는 뭘까. 그저 능력을 타고났기 때문일 수도 있다. 에드워드 사이드가 표현하듯 "완전무결한 배열, 시간의 완벽한 관리, 음악적 공간을 잘게 또 잘게 쪼개는 일이기도 한 동시에 음악적 지성의 절대적 집중의 요구되는"* 일을 수행하는 능력은 아무나 가질 수 있는 게 아니다. 여기에 음악을 대하는 태도가 한결같았다는 점도 보태 언급할 수 있을 것 같다. 관객 수천 명이 앞에 있어도 자기 자신과 피아노에만 집중하는 태도, 커다란 함성이나 부, 명예 같은 것에는 건조하고 신중하게 반응하면서 자기 내부에서 뿜어져 나오는 음악적 에너지와 상상력에 한껏 몰입하는 자세가 두 위대한 음악가를 특별하게 만나게 한 것 아닐까.

창조성은 고독을 통해 커진다. 하지만
집단과의 교감은 그것을 억제한다.
고독이야말로 존재의 행복을 향한 가장 확실한

---

* 에드워드 사이드, 『경계의 음악』, 이석호 옮김, 봄날의책, 2019, 9쪽.

길이다. 다른 존재의 개입은 창조성을 향한 길 위의 장애물일 뿐이다.*

　　고독은 공포하는 순간 고유성을 잃는다. 이제는 누구도 고독하기가 참 쉽지 않지만 그럼에도 가려진 고독의 틈에서 예술의 언어가 피어나고 종이 위에는 시가 쓰인다. 고독할 용기를 점점 잃어가는 나는 바흐와 굴드의 고독에 기대 애처로움 같은 것들을 더듬어 느낀다.

　　음 하나에 실린 의미를 비로소 알게 된 것처럼, 별 하나가 우주의 질서를 바꿀 수도 있다는 걸 뒤늦게 깨달은 것처럼 더 많은 일에 물음표를 놓아가며 살고 싶다. 바흐와 굴드와 〈골드베르크 변주곡〉과 고독감 안에서 그렇게 생각한다.

*　상드린 르벨, 『글렌 굴드: 그래픽 평전』, 맹슬기 옮김, 푸른지식, 2016, 111쪽.

남은 이들을 위한 노래

아빠의 기일이었다. 열두 번째 기일이다. 강아지가 두 마리 있어서 갈 만한 식당을 찾기 어려울 거라며 엄마는 김밥을 쌌다. 나는 밝은색 테이블보와 간식거리를 챙겼다. 소풍 가는 것 같다 그랬다. 경기도 고양시에 있는 납골 시설은 터가 넓고 야외에 테이블과 의자가 잘 갖추어져 있다. 이맘때면 늘 날씨도 좋다. 아빠가 돌아가신 날만큼은 아니지만.

그날은 꼭 영화의 한 장면처럼 햇살이 완벽하게 맑았다. 따뜻한 바람에 벚꽃잎이 흩날렸다. 스물두 살의 내가 영정 사진을 들고 걸어가는데 상복 치마가 휘리릭 날리며 그 아래로 추리닝 바지가 보였던 게 생각이 난다고, 엄마는 또 말했다. 10년이 되게 긴데 또 빠르다고, 아빠는 뒤따라간 고모랑 할머니를 만났을까, 거기서는 다 화해하는 거니까 잘 지낼걸, 우리는 매년 했던 말을 똑같이 또 한다.

엄마는 조금 울었다. 나는 괜찮았다. 작년에는 그렇게 눈물이 나더니 올해는 그렇지는 않아서 엄마를 다독였다.

한 해 한 해 갈수록 엄마를 향한 마음이 달라진다. 아빠를 떠나보내고 얼마 지나지 않았을 때는 어린 나와 동생을 정신적으로 보듬지 않고 방황하는 엄마가 조금 밉기도 하고 그랬던 것 같다. 시간이 좀 지나고는 엄마가 괜찮아서 다행이다 생각했다. 그리고 내가 결혼을 하고 난 후에는 그때 엄마가 겪은 고통을 차마 다 헤아리기도 어렵다. 말도 안 되게 갑작스러운 상실이었다. 상을 치르고 돌아오자마자 엄마는 이불을 바꾸고 집안을 이리저리 정리하더니, 얼마 후에는 이사도 했다. 엄마는 엄청나게 강한 사람이다. 요즘엔 크게 바라는 거 없이 행복하다고, 이 좋은 걸 혼자만 누리니 미안하다고, 엄마는 작년이랑 똑같은 말을 또 했다.

나는 아빠를 잃고 한동안 열심히 교회에 갔다. 한 번도 생각해본 적 없는 죽음이라는 것을 이해해야만 했다. 받아들이려면 그 의미를 알아야 했다. 그러지 않고는 어떤 마음으로 살아야 할지 도무지 알 수가 없었다. 선한 사람은 죽어서 영혼이 축복받는 나라에 갑니다, 우리는 모두 그곳에서 다시 만납니다, 허무의 감정에 고여 있지 않고 삶을 계속 살아가려면 다른 방도가 없었다.

열두 해를 보내며 알게 된 사실이 하나 있다. 남은 사람의 삶은 계속된다는 것이다. 너무 당연해서 이상한 말을 참 어렵게 안다. 나와 동생은 결혼을 했고 이제는 다섯 명이 아빠를 추억한다. 엄마는 새로운 사람들과 함께 새로운 경험을 하고, 우리도 새로운 삶을 산다. 우리가 간직하는 기억이 새로운 인연에 전해진다. 뾰족한 모양으로 삶에 어느 순간마다 불쑥불쑥 튀어나와 마음을 아프게 하는 무언가를 그들과 함께 서로 보여주고 또 덮어주며 무디게 만들어간다.

2018년에 나온 피아니스트 이고르 레비트의 앨범 〈라이프(Life)〉를 줄곧 소중히 여기고 있는 이유는 나와 비슷한 마음을 담고 있어서다. 비닐에 붙은 음반 소개 글에는 레비트가 2년 전 가장 가까운 친구를 자전거 사고로 갑작스레 떠나보낸 후 죽음에 대해 생각했고 그 감정들로부터 이 음반을 만들었다는 이야기가 적혀 있었다.

그렇게 아홉 곡을 담고는 레비트는 '삶'이라는 제목을 달았다. 나와 나이가 같은 이 피아니스트도 나와 크게 다르지 않은 상실의 과정을 겪었을 것이다. 당혹감, 고통에 가까운 슬픔, 일상을 지배하는 그 모든 감정을 이해하기 위한 명분이나 구실일 뿐일지도 모를 어떤 논리를 찾아내야 했을 것이다.

첫 번째, 두 번째 트랙에는 바흐의 종교 음악 선율을 바탕으로 부소니와 브람스가 각각 편곡한 작품을 실었다. 클래식 음악의 시작과도 같은 바흐의 작품을 부소니와 브람스가 주관적으로 해석한 곡들이다. 선율이나 화음, 리듬은 그대로 두더라도 템포나 다이내믹, 표현 방식을 다르게 입히면 또 다른 새로운 이야기가 펼쳐진다. 첫 번째 트랙의 환상곡(BV 253)은 부소니가 아버지를 기리는 마음을 담아 쓴 곡이고, 두 번째 트랙의 샤콘느는 오른손에 부상을 입어 연주하기가 어려운 클라라 슈만을 위해 왼손만으로 연주할 수 있도록 브람스가 편곡한 음악이다.

종교적이고 경건한 정서가 담긴 이 작품에 레비트는 완전히 어두운 분위기를 담아내면서도 적당한 울림으로 포근한 느낌을 전달한다. 작곡가는 죽어도 영감의 조각은 음악 위에서 영원성을 꿈꾸고, 후대로 이어지며 생기를 부여받는다고, 레비트는 그렇게 말하고 싶었을까.

세 번째 트랙은 '유령 변주곡'이라 불리는 슈만의 마지막 피아노곡이다. 이 곡을 완성하고 슈만이 라인강에 투신했다는 뒷이야기를 떠올리기에는 너무도 평온한 분위기다. 슈만은 스스로 밝힌 것처럼 정말로 천사가 귓가에 불러주는 노래를 들었을 것이다. 평생 자신의 주변을 떠돈 지독히 아름다운 것들, 그것들이 이끄는 죽음에 대한 두려움이 묻어난다. ECM 레이블로 발매된 안드라스 쉬프의 아른아른한 서정적인 연주를 좋아해서 그런지 그와 대비

되는 격정을 레비트의 연주에서 발견하게 된다. 꾹꾹 누르고 있지만 요동하는, 어쩌지 못하는 마음이 오히려 슬픔을 극대화한다.

시간이 흐르며 레비트는 친구를 추억하고 그에 대한 사랑과 그리움을 마음껏 표현할 수 있게 되었을지 모른다. 두 사람이 함께 들었다던 현대 작곡가 프레데릭 제프스키의 'Mensch(좋은 사람)', 바그너의 음악극 〈트리스탄과 이졸데〉 중 죽은 트리스탄을 향해 이졸데가 부르는 아름다운 사랑 노래를 피아노로 연주한 곡이 특히 귓가에 오래 맴돈다. 그리고 이어지는 부소니의 자장가(BV 249). 여전히 잠들지 못하는 남은 자에게 이어지는 긴 밤을 그린 듯하다.

마지막 트랙에 실은 재즈 피아니스트 빌 에반스의 '피스 피스(Peace Piece)'는 레비트의 소망 같은 걸까. 왼손이 같은 패턴의 화음 진행을 반복하는 동안 오른손은 편안한 쉼의 선율을 노래한다. 레비트는 이제 그리움을 가슴에 품은 채 조금씩 앞으로 나아갈 것이다. 트랙이 멈추고 적막이 감돌았을 때 나는 떠난 아빠와 남은 우리를 다시 생각했다.

'남은 자들'의 이야기를 잘 그린 영화로 고레에다 히로카즈 감독의 〈바닷마을 다이어리〉가 있다. 카마쿠라라는 조용한 바닷가 마을의 오래된 이층집에 네 자매가 모여 산다. 평범하고 단조로운 일상처럼 보이지만 작은 순간들이 쌓여 만든 감정의 폭은 깊거나 높을 수 있음을 영화는 보여준다. 아버지가 세상을 떠난 후 언니들과 함께 살기 위해 아버지의 옛 동네로 이사 온 배다른 막내 스즈가 언니들과 서로 다른 기억을 공유하고, 여태까지 몰랐던 아빠의 모습을 알아가는 순간이 울림을 만든다.

슬픔과 아픔, 그리움의 마음들은 어떤 식으로든 '해결'될 필요가 있다. 그러지 않고는 도무지 앞으로 나아갈 수가 없다. 다정한 언니들 덕에 엄마와 아빠를 향한 속마음을 겉으로 꺼내 보이고서야 스즈는 편하게 웃을 수 있게 된다.

영화 속에서 매실주는 상징성을 지닌다. 자매들은 오래전 할머니가 깊숙한 곳에 묻어둔 매실주를 꺼내 나눠 마신다. 집 앞뜰에서 자라는 매화나무에서 열매를 따서 새로 술을 담그기도 한다. 어린 자식들을 두고 떠나버린 엄마를 원망하던 큰딸 사치는 오랜만에 만난 엄마를 배웅하는 길에 오래된 매실주와 새로 담근 매실주를 조금씩 나눠 담아 전한다. 그렇게 시간의 흐름을 함께 겪고 사랑의 마음을 나누며 계속 살아나가는 것이다. 영화음악가 칸노 요코가 쓴 작은 편성의 클래시컬한 음악이 소박하고 경쾌한 영화의 정서를 잘 드러낸다.

아빠에게 다녀오는 차 안에서 레비트의 음반에 대해 적어야겠다고 생각하며 자연스레 죽음을 묘사하는 다른 음악들도 떠올렸다. 모차르트가 쓴 〈레퀴엠〉, 슈베르트의 현악 4중주 〈죽음과 소녀〉도 손에 꼽게 좋아하는 작품이다. 집으로 돌아와 한동안 이 음악들을 재생하는데 어쩐지 계속 버거운 마음이다. 〈죽음과 소녀〉는 죽음을 향해 내달리는 곡이다. 〈레퀴엠〉은 죽음과 소멸의 한순간을 묘사한다.

이정규 편집자 덕에 덴마크 출신 작가 이자크 디네센이 쓴 '모든 슬픔은 당신이 그것을 이야기로 만들거나 그것에 관해 이야기할 수 있다면, 견딜 수 있다'라는 문장을 알게 됐는데, 이 말에 따르면 나는 아직도 이 슬픔이 힘에 부치는 듯하다. 죽음의 여러 장면을 표현하는 음악적 서사 중 극히 일부만을 위안의 도구로 삼을 수 있으니 말이다. 나는 그저 열두 해가 지난 오늘의 풍경에 대해 겨우 담을 수 있을 뿐이다.

지금은 새뮤얼 바버의 〈현을 위한 아다지오〉 연주 영상을 틀어두고는 내내 넋을 놓고 있다. 구스타보 두다멜이 지휘한 빈 필하모닉의 여름 야외 음악회 영상이다. 풍부한 현악기 사운드가 매우 느린

속도로 큰 도약 없이 순차적으로 상행하거나 하행한
다. 박자감을 느끼기도 어려울 만큼 아주 천천히 고
이고, 번지고, 나아간다. 슬픔은 한 번에 찾아오기도
하지만 나도 모르는 사이 서서히 밀려오기도 하는
거라고, 하지만 그렇게 또 서서히 잠잠해지기도 하
는 거라고 말해주는 것 같다. 더 오래도록, 곁에 있
는 사람들과 같은 마음으로, 똑같은 말을 주고받으
며 아빠를 기억하고 싶다.

어린아이와 어린아이

## 슈만의 어린아이

아끼는 사진이 하나 있다. 서랍 안 손이 닿기
쉬운 곳에 두고 가끔 꺼내 본다. 파마머리를 예쁘게
묶은 작은 여자아이가 바닷가 모래밭에 앉아 놀고
있다. 그 옆에 어른 남자가 아이를 향해 몸을 돌린
채 다리를 길게 뻗고 누워서는 한쪽 팔로는 여자아
이를 감싸 안고 있다. 아이는 나, 어른은 아빠다. 기
억나지 않는 때의 기록이다.

기억도 잘 나지 않으면서 그때의 마음으로 계
속 살 수 있으면 좋겠다고 생각한다. 돌아가고 싶은
건 아니다. 시간의 흐름을 다시 겪으라면 그건 너무
까마득하다. 그때의 나, 아빠의 사랑을 온몸으로 받
고 있던 나, 그게 뭔지도 잘 모르던 나, 아마도 행복
했을 나에 대한 그리움이다. 또렷하지 않은 흐릿한
무언가를 그리워하는 기분이다.

스물두 살에 아빠를 떠나보냈지만 나는 평생
받을 사랑을 미리 다 받았다. 사랑이라는 걸 의식할
필요도 없을 만큼 어린 시절의 나는 정서적으로 내
내 풍요로웠다. 아빠를 떠나보내야 했을 때 그래서
온 세상이 무너지는 것처럼 버거웠다. 그래도 또 그
기억과 마음으로 산다. 나는 아빠의 사랑으로 완성

된 인간이고 그 동력으로 조금씩 천천히 앞으로 나아간다. 뒤를 돌아보며 이제는 점점 흐릿해져가는 기억들을 그리워하는 건 그러니까 어쩌면 자연스러운 일인지도 모른다.

슈만의 피아노 모음곡 〈어린이 정경〉을 들을 때면 슈만도 나와 비슷한 마음이었을까 생각하게 된다. 슈만이 〈어린이 정경〉을 쓴 건 1838년, 클라라와 정식으로 부부가 되기 전이다. 슈만은 서른 곡을 작곡한 후에 열세 곡을 추려 Op. 15 '어린이 정경'이라는 제목을 달아 완성했다.

길지 않은 열세 곡의 피아노 작품을 관통하는 정서가 그리움인 걸 보면 어린아이들을 바라보며 쓴 음악은 아닌 듯하다. 자신의 어린 시절을 불러와 끌어안아주고 싶어서 쓴 것처럼 느껴진다. 그런 슈만 덕에 이 곡들을 들을 때마다 손에 잡힐 듯 생생하게 그리움이라는 정서를 매만지게 된다.

그중에서도 도이치 그라모폰의 노란 딱지를 단 마르타 아르헤리치의 1984년 연주를 좋아한다. 첫 곡의 제목은 '미지의 나라와 낯선 사람들'. 아르헤리치는 소리가 없는 꿈을 그리듯 고요하게 따뜻한 풍경을 펼쳐 보인다. 단조롭다 할 만큼 특별할 게 없는 작법인데도 슈만의 마음속 아늑한 행복이 고스란히 느껴진다. 아르헤리치는 음 하나하나에 아쉬움의 감정을 꾹꾹 눌러 담으며 눈물이 날 만큼 예쁜 꿈속 세상의 문을 연다.

'이상한 이야기'와 '술래잡기'에 이어 네 번째 곡 '조르는 아이'에서 아르헤리치는 웃음이 날 만한 연주를 들려준다. 나름대로 심각한 아이의 마음에 완벽하게 공감했나 보다. 조심스럽고 애틋해서 더 귀엽다. 마침내 원한 것을 쟁취한 듯 기뻐하며 걸어 가는 어린아이의 뒷모습 같은 다섯 번째 곡 '만족' 이 이어진다. 별것 아닌 일에 놀라며 호들갑을 떠는 아이들의 표정을 상상하게 하는 '중요한 사건'까지, 순수함을 그대로 내비치는 아르헤리치의 맑은 피아 노 소리가 마음을 몽글몽글하게 한다.

슈만이 일곱 번째에 연주하도록 지시한 '트로 이메라이'가 지난 몇 백 년간 가장 많이 연주되고 사랑받은 이유를 새삼 알 것 같다. 그리움의 정서가 가장 많이 묻어나면서도 슬프거나 우울하지 않게, 반짝반짝한 순간의 기억을 가만히 떠올리며 행복해 할 수 있는 완벽한 곡이다. 아르헤리치는 네 마디 선 율이 여덟 번 되풀이되는 이 단순한 곡에 미묘하고 풍부한 뉘앙스를 각각 다르게 부여하며 황홀감을 선 물한다.

'난롯가에서', '목마의 기사', '너무나 진지한', '무섭게 하기' 같은 제목으로 이어지는 곡들은 슈만의 머릿속에 파편적으로 기억되어 있는 장면들을 묘사한 듯 보인다. 무질서하다고 느껴질 만큼 변화무쌍하다.

"음악인 동시에 영혼의 일기장이었다."

해럴드 숀버그는 이 곡들을 이렇게 표현했다. 일기를 쓰듯 시를 쓰듯 슈만은 형식에 구애받지 않은 채 솔직한 감정들을 자유롭게 토해놓았다.

장조와 단조를 오가며, 꿈과 현실을 오가며 졸고 있는 어린아이를 그린 '잠드는 아이'에 이어지는 마지막 열세 번째 곡은 '시인의 이야기'다. 자신이 펼쳐놓은 꿈속에 슈만 스스로가 푹 잠기면서 끝이 난다.

슬프지 않은 꿈이면 좋겠는데 극심한 정신적 불안에 시달리다 강물에 스스로 몸을 던지기까지 했던 그의 말년을 떠올리면 아무래도 쓸쓸함이 묻어난다. 그래도 꿈꾸는 동안에는 분명 마음껏 행복했을 것이다.

사진을 다시 한 번 꺼내 보려고 작은 방에 다녀오는데 구미가 졸졸 쫓아와 아는 척을 한다. 아빠가 나한테 했던 만큼 내가 다른 누군가에게 사랑을 줄 수 있을까. 별로 자신이 없다. 구미야, 엄마가 그렇게 할 수 있을까? 구미의 표정은 내가 뭐라고 묻든 늘 '그렇다'고 하는 것 같다. 다시 처음으로 돌아가 '미지의 나라와 낯선 사람들'을 새로 듣는다.

## 드뷔시의 어린아이

아이를 기다리고 있다. 결혼 7년 차인데 아직 아이가 없다. 지난달부터 남편과 나는 비싼 돈을 들여 한약을 달여 와 하루 세 번씩 꼬박꼬박 먹는다.

장류진의 단편소설 「도움의 손길」에는 아이를 그랜드피아노에 비유하는 대목이 나온다.

평생 들어본 적 없는 아주 고귀한 소리가
날 것이다. 그 소리를 한 번 들어보면 특유의
아름다움에 매혹될 것이다. 너무 매혹된 나머지
그 소리를 알기 이전의 내가 가엾다는 착각까지
하게 될지 모른다. 당연히, 그만한 가치가 있을
것이다.*

---

* 장류진, 『일의 기쁨과 슬픔』, 창비, 2019, 142쪽.

동시에 이렇게 말한다.

하지만 책임감 있는 어른, 합리적인
인간이라면 그걸 놓을 충분한 공간이 주어져
있는지를 고민해야 할 것이다. 집 안에 거대한
그랜드피아노를 들이기 전에 그것을 놓을 각이
나오는지를 먼저 판단해야 할 것이다.*

주인공 부부는 30대가 되어서야 어렵게 갖게
된 안정과 여유를 포기하면서까지 그랜드피아노를
들일 이유를 찾지 못한다. 발뒤꿈치를 들고 피아노
주변을 겨우 지나다니며 사는 그런 삶을 선택하지
않는다.

'그랜드피아노 소리'를 한 번도 들어본 적이
없는 내가 그랜드피아노를 들이기 위해 약을 챙겨
먹고 산부인과에 간다. 그랜드피아노가 뭔지 잘 몰
라서, 다행히 쉽게 찾아오지 않는다고 해서 괴롭지
는 않다.

무엇보다 '나'라는 집이 그랜드피아노를 들일
만큼 크고 튼튼하고 좋은 환경인지 스스로 확신이

* 장류진, 같은 책, 같은 쪽.

잘 되지 않는다. 이고 지고 살라고 한다면 살기야 살
겠지만 습도가 낮아 피아노가 쩍쩍 갈라지면 어떡하
지, 때맞춰 조율하지 못해 예쁜 소리를 잃어버리면
어떡하지 생각한다. 나의 불안이나 나약함 같은 게
피아노 다리 네 개 중 하나쯤 흔들어버릴지도 모를
일이다. 이런 생각을 하다가 아, 벌써 시간이 이렇게
됐네, 하면서 한약을 먹는다.

　　그래도 드뷔시의 〈어린이 세계〉를 들으면 나도
그랜드피아노를 만져보고 싶다는 생각이 든다. 드뷔
시가 1908년에 완성해 딸에게 선물한 피아노 모음
곡이다. 드뷔시는 여섯 곡을 완성하고는 악보에 '아
빠의 다정한 설명과 함께, 나의 귀여운 슈슈에게'라
고 적었다고 한다. 환상처럼 몽환적인 슈만의 〈어린
이 정경〉과 달리 드뷔시의 〈어린이 세계〉는 산뜻하
고 또렷하다.

　　피아니스트 조성진의 2017년 연주를 듣는다.
첫 곡 '그라두스 아드 파르나숨 박사'는 '그라두스
아드 파르나숨'이라는 제목의 지루한 연습곡을 반
복하는 어린아이의 모습을, 두 번째 곡 '짐보의 자장
가'는 코끼리 인형 짐보(드뷔시는 '점보'를 '짐보'라고
잘못 적었다)를 안고 자는 어린아이를 위한 자장가를
노래한다.

조성진의 연주에서 특히 감탄스러운 건 세 번째 곡 '인형의 세레나데'다. 조성진의 연주는 흠결 하나 없이 매끄러운데 앞의 두 곡에서는 귀엽거나 유머러스한 인간미 같은 걸 보여주면 더 재미있었겠다 싶었다.

그러다 세 번째 곡이 시작되면 그저 감탄한다. 활기찬 리듬, 생동감 넘치는 당김음과 꾸밈음들이 넋을 놓게 만든다. 단조가 언뜻언뜻 내비치던 묘한 분위기를 '눈은 춤춘다'로 연결해 신비로운 존재의 명랑한 움직임을 아름답게 펼쳐 보인다.

'작은 양치기'와 '골리워그의 케이크워크'의 모호한 화성, 독창적인 표현들을 듣다 보면 피아노를 곧잘 쳤다던 슈슈의 예쁨을 나도 꼭 보고 있는 것만 같다. 이렇게나 품위 있는 방식으로 이렇게나 커다란 사랑을 표현할 수도 있구나.

슈슈의 예쁨이 드뷔시의 머릿속에 영롱한 피아노 선율을 선물한 것처럼, 그랜드피아노의 아름다움을 지키면서 오히려 내가 더 튼튼해지고 행복해질 수도 있을지도 모른다. 어린 시절의 기억을 끌어안고 그리워하는 것보단 내 속에서 샘솟는 사랑을 마구 퍼주면서 사는 편이 좋을 것 같다.

내 마음대로 선택할 수 있는 행운도 아닌데, 어

느 쪽이 좋겠다는 둥 힘들겠다는 둥 사람들은 그런 말을 한다. 스피커에서 흘러 나오는 그랜드피아노 소리가 새로운 꿈을 꾸도록 이 방 안에, 내 마음에 기운을 마구 불어넣는다.

나의 사적인 음악가들

음악 기자로 일하면서 가장 즐거웠던 건 역시 예술가들을 만나는 일이었다. 녹음기를 들이밀면서 자, 저는 당신 이야기를 글로 써서 세상에 널리 전할 겁니다 하는 기자 앞에서 말을 고르지 않는 사람은 없다. 전부라고는 할 수 없어도 일하면서 만난 예술가 대부분이 자신의 삶과 일에 대한 곧은 태도를 분명하게 전달할 줄 알았다. 조리 있게 논리적으로 말하는 데는 서툴더라도 사회 속에서 살아가는 예술가가 지닐 만한 삶의 뭉툭한 부분과 뾰족한 부분을 구분하고 인정할 줄 알았다. 자신감과 자만, 겸손함과 졸렬함을 헷갈리지 않는 성숙한 사람들이었다.

월간지 기자의 다양한 하루 중 매력적인 예술가를 만나 한두 시간 대화를 나누고 사무실로 돌아와 옮겨 적은 말들을 정리하는 날만큼은 내 직업을 백 퍼센트 사랑했다. 예술가들의 생각을 전해 듣고 정돈된 글을 쓰는 일이라면 평생 해도 정말 좋을 것 같다.

늘 순조로운 건 아니었다. 예술가를 과잉 보호하는 홍보 담당자 때문에 애먹은 일, 완성된 글과 사진을 지나치게 검열당한 일 정도는 즐거운 추억이다. 통영음악당에 취재 갔다가 통역이 영어를 버벅거린 탓에 터키인 피아니스트의 대기실에서 쫓겨난 기억은 떠올리면 여전히 괴롭다. 그때 통영 바닷가에 앉아 엉엉 울면서 전화했던 거 기억하지, 그 와중에 꿀빵은 또 엄청 사 왔잖아, 고속버스에서 내렸는데 울다 자서 눈이 안 떠지더라니까, 와하하하 웃기다 웃겨. 술 마시면서 하도 떠들었더니 그래도 이제는 좀 괜찮다.

몇 년이 흘러도 잊히지 않는 장면이 있다. 객석에 앉아 지켜본 음악의 어떤 모양이기도 하고, 테이블을 사이에 두고 마주 앉아 나눈 묵직한 혹은 가벼운 문장이기도 하다. 그 이야기를 해보려 한다.

## 반나절 후에 듣는 이야기

음악은 실체가 없다. 그림이나 소설처럼 손에 쥐고 기뻐하거나 좋아할 수가 없다. 말로 기억하며 감흥을 나누는 데 한계가 있는 것도 이런 이유 때문인 듯하다. 색감이 좋다거나 구도가 좋다거나, 등장인물이 어떤 행동을 해서 그게 마음에 든다거나 하는, 언어로 붙잡아둘 수 있는 요소가 턱없이 부족하다. 몇 악장 어느 부분이 좋았다, 연주자의 호흡이나 표현법이 훌륭했다 말할 수는 있지만 이미 흘러가버린 음악을 머릿속에서 더듬으며 주고받을 수 있는 이야기는 제한적이다.

생동감 넘쳤던 성공적인 인터뷰는 연주를 마치고 바로 다음 날 행한 것이라는 공통점이 있다. 공연을 앞둔 연주자나 작곡가는 깜깜한 터널을 통과하듯 답답하고 어려운 시간을 보낼 것이다. 그러다 기대 어린 표정의 관객들을 마주할 것이다. 운동선수가 몸에 완전히 밴 움직임으로 실전 경기를 치르듯 스스로도 이해할 수 없는 어떤 경지에 올라 무언가를 토해내고 나면, 그 직후에는 하고 싶은 말이 많아지기 마련이다. 아직 채 사라지지 않은 실재하는 음표들에 대해 말할 수 있게 된다고 할까.

바이올리니스트 김수연과의 인터뷰가 그랬다. 2016년에 김수연은 바흐의 무반주 바이올린 작품 전곡을 연주하는 독주회를 기획했다. 세 곡을 연주하고 한 시간 인터미션 후 다시 나머지 세 곡을 연주하는 장장 네 시간에 가까운 대규모 프로젝트였다. 피아노 연주자도 없이 연주자 한 명이 바이올린 한 대를 쥔 채 바흐라는 성을 쌓아 올리는 진중하고 또 고된 일이다. 어느 주말 하루를 온전히 들여 감상한 그날의 연주회는 정말이지 놀라웠다. 객석의 집중도가 처음부터 끝까지 최상이었다는 점에서 특히 그랬다. 김수연의 바이올린이 긴장과 이완을 반복할 때마다 객석에서도 함께 숨을 가다듬었고, 마지막 곡이 끝났을 때는 연주자와 관객, 관객과 관객 사이에 결속력마저 느껴졌다. 그의 음악 세계를 지지하는 사람들 그리고 그 기대에 완벽하게 부응한 연주자가 만들어낸 감격스러운 순간이었다.

내가 객석에서 목격한 것에 호들갑을 떨 수 있었던 것도, 그가 무대 위에서 그 모든 걸 느낄 수 있었다며 맞장구칠 수 있었던 것도 연주가 끝난 지 반나절밖에 지나지 않은 시점이라 가능했다. 기적에 가까운 순간에 대한 대화는 음악 안에서 예술가와 청중이 나눌 수 있는 신뢰, 오래된 음악에 실어야 하는 현재진행형의 마음 같은 깊이 있는 주제로 이어졌다.

피아니스트 김다솔, 바이올리니스트 윤소영과의 만남도 비슷했다. 늘 성실한 태도로 안정적인 연주를 들려주는 줄로만 알았던 김다솔이 첫 번째 독주회에서 격정적인 감정을 드러내며 다채롭고 흥미로운 음악을 선보였을 때도 우리는 반나절 만에 다시 만났다. 호화스러운 어느 호텔 커피숍에 앉아 슈만의 〈아라베스크〉와 〈유모레스크〉에 실린 어두운 감정이 어디에서부터 온 것인지, 연주자로서 무아로 몰입해야 할 때와 또렷하게 깨어 있어야 할 때를 어떻게 구분하고 훈련할 수 있을지, 그러기 위해 무대 밖 삶을 어떤 마음으로 보살펴야 할지를 두고 이야기했다.

세종문화회관에서 코리안챔버오케스트라와 비발디 〈사계〉를 협연하다 악기 줄을 두 번이나 끊어뜨린 윤소영은 이스라엘 텔아비브에서의 연주를 위해 서둘러 출국하던 길에 내 전화를 받아서는, 리허설까지 포함하면 그날 하루에만 세 번이나 줄이 끊어졌다고 웃으며 고백했다. 에너지 넘치는 화려한 연주에 주체적으로 빚은 이야기를 실어 나르기 위해 어떻게 긍정을 발휘하는지 생생하게 들을 수 있었다.

이 세 연주자의 사례를 적으며 생각한 것인데 나는 나와 비슷한 또래이면서 자유롭게, 자주적으로 살아가는 예술가들을 존경하고 부러워한다. 꽤 오래 그랬다. 질투 같은 부정적인 의미는 모두 빼고 정말로 순수하게 부럽다. 나와 비슷한 시대 풍경을 성장 과정으로 삼고도 클래식 음악을 하며 사는 용기에 대한 존경심, 내가 가지지 못한 타고난 재능에 대한 본능적 관심, 같은 걸 좋아한다는 괜한 친밀감 같은 감정이 한데 뒤섞인다.

그들의 성장과 변화를 놓치지 않고 이해하면서

그렇게 같이 늙고 싶다. 옛날에 내가 그 연주자의 무대를 봤는데 진짜 좋았지 하며 허세스럽게 떠드는 것 말고, 그들이 나이를 먹으며 보여주는 음악의 이야기들을 곱씹고 이해하고 느끼면서 나도 그렇게 나이 들고 싶다.

## 음악을 배운다는 것

첼로와 더블베이스에 화음을 주지 않고 같은 음을 연주하게 하면 훨씬 풍부한 저음을 얻을 수 있다. 이 사실을 알고 나면 대편성의 곡을 쓸 때 이를 적용해 입체감을 부여하고 깊이를 만들 수 있다. 오케스트라 단원을 어떻게 배치하느냐에 따라서도 소리는 완전히 달라진다. 독일식, 미국식, 절충식 같은 규칙을 따라 원하는 효과를 만들거나, 말러처럼 관악기를 하늘로 치켜들어 연주하게 해 특정 음색과 선율을 강조할 수도 있다. 음악학교, 작곡과에서 가르치고 배우는 작곡은 바로 이런 것들이다.

그러나 이런 것들은 기초가 되는 이론일 뿐이다. 악보로만 공부하고 악보 안에서만 생각할 줄 아는 나 같은 사람은 악기나 컴퓨터 작곡 프로그램으로 뚝딱뚝딱 음악을 짓는 사람들이 어떤 논리와 과정으로 결과물을 내는지 모른다. 그리고 세상에는 음악학교 근처에도 가지 않고도 악기 하나, 작곡 프로그램 하나로 훌륭한 음악을 만들어내는 사람들이 무척 많다.

그런 이들을 보면 작곡뿐 아니라 노래든 연주든, 과연 음악을 가르치거나 배우는 게 과연 유의미한지에 대한 근원적 물음으로 번진다. 어떤 스승을 만나느냐에 따라 인생 자체가 바뀔 수도 있다는 주장에는 공감하지만, 그 가르침이 음악의 세부적인 내용인지, 음악 하며 사는 삶의 태도에 대한 것인지 구체적으로 따져볼 필요가 있다.

대부분의 음악 선생님이 모차르트 피아노 소나타 몇 번의 몇 번째 마디를 어떻게 쳐야 하는지 열심히 가르친다. 다이내믹을 어디에서부터 부여하면 좋을지, 손가락을 어떻게 훈련하면 좋을지에 대해 말한다. 그러나 어쩌면 모차르트라는 인물을 어떻게 이해할지, 모차르트를 오늘날 연주하는 젊은이는 어떤 마음가짐으로 연습실에 앉아야 하는지가 훨씬 중요할 수 있다.

내가 자라는 동안 만난 선생님 중에 그런 걸 가르쳐준 이는 없었다. 모든 교육 과정을 불필요하다고 주장할 생각은 없지만 음악을 배운 사람 입장에서 '배움'의 정의에 아주 오랫동안 물음표를 걸고 있는 건 사실이다.

작곡가 정재일을 만났을 때 이런 말을 들었다.

"이미 오랫동안 음악을 해왔는데 땅에 발을 딛고 있지 않은 느낌이 늘 있어요. 그래서 학교에 들어가 공부를 하려고요."

벌써 5년쯤 전 일이고 그동안 학교에 다닌다는 소식은 들은 적이 없으니 그의 생각이 바뀌었는지도 모를 일이다.

정재일은 〈바람〉부터 〈기생충〉까지의 영화음악, 소리꾼 한승석과의 작업물, '대중가요'로 분류할 수 있는 개인 음반까지 폭넓은 작업을 해왔다. 나는 그의 음악 전부를 좋아한다. 그래서 음악학교에 가겠다는 그의 말을 오래도록 곱씹었다. 정재일이 음악학교에 간다면 무엇을 배우게 될까. 음악학교를 졸업하면 정재일의 음악이 더 훌륭해질까.

영화음악 감독 모그를 만났을 때도 비슷한 뉘앙스의 말을 들었다.

"〈광해, 왕이 된 남자〉를 김준성 음악감독과 같이 작업했는데, 확실히 클래식을 공부한 분이라 그런지 배울 점이 많더라고요."

김준성과 모그의 음악은 '다르다'. 김준성이

서사를 탄탄하게 쌓아 올린다면 모그는 모던한 감각을 발휘해 영화에 독특한 색을 입힌다. 이 다름을 정규 교육을 거쳤는지 그러지 않았는지 하는 차이만으로 설명할 수는 없을 것이다.

배움의 환경에 속하는 경험은 분명 의미가 있을 것이다. 집단을 체험하는 일은 맥락에 대한 이해를 도우니 말이다. 그 안에서 결정적인 배움을 얻어 진보적인 사고를 하게 되거나, 반대로 수년을 머무르면서도 계속 헤매게 되거나. 이는 단지 개개인의 차이일까. 예술을 배운다는 건 어떤 의미일까. 그 답을 알고 있는 사람이 있으려나?

## 어떻게 살 것인가

예술을 잘하려면 무엇이 필요할까? 음악을 공부하고 또 음악 하는 사람들을 만나는 내내 꾸준히 품어온 또 다른 질문이다. 골방에 틀어박혀 미친 듯이 창작에만 몰두하는 쪽도, 재능만 믿고 게으름이나 배짱만 부리는 쪽도 정답과는 거리가 멀 것이다.

한 손에는 맑고 깨끗한 정신, 다른 한 손에는 세상 속 고통, 절망을 똑같이 나눠 들고, 스스로를 망치지 않을 만큼 노력하면서 군중의 무관심이나 비판에 상처받지 않을 만큼 단단한 정신력을 다져야만 잘할 수 있는 일이다. 너무 어려운 거 아닌가!

지금은 고인이 된 작곡가 크시슈토프 펜데레츠키를 인터뷰한 적이 있다. 그는 1933년 폴란드 뎅비차에서 태어나 전쟁으로 얼룩진 사춘기를 보냈다. 그의 외삼촌들은 전쟁 중에 목숨을 잃었고 고국의 군인들은 시내 한복판에서 교수형을 당했다. 그가 '히로시마 희생자를 위한 애가', 9.11 테러를 추모하기 위한 피아노 협주곡 '부활' 등에 희망의 메시지를 담은 건 우연이 아니다.

인터뷰 도중 그가 크라쿠프라는 도시에 엄청나게 큰 식물원을 운영해왔다는 사실을 알게 됐다. 펜데레츠키는 무려 30만 제곱미터 면적의 대지에 1800여 종의 나무를 가꾸고 있다고 했다. 40년 넘도록 그곳에 열정을 기울여왔다고 했다. 그는 그 일에 가치를 느낀다며 이렇게 말했다.

"심은 것의 아름다움을 만끽하려면 적어도 20년을 기다려야 한다."

인간의 '울음'을 묘사하는 혁신적인 음향 작법을 선보인 그가 40년이라는 시간 동안 묘목을 가꾸는 모습을 상상했다.

한편 콜드플레이, 아델, 원 디렉션의 팝 음악이

나 잘 알려진 클래식 작품을 편곡해 재미있는 방식으로 들려주는 피아노 가이즈라는 그룹이 있다. 비디오 프로듀서 폴 앤더슨이 운영하는 피아노 상점 '피아노 가이즈'에 피아니스트 존 슈미트가 방문했다가 프로모션 비디오를 제작하게 되었고, 그것을 시작으로 첼리스트 스티븐 샤프 넬슨, 음악 프로듀서 앨범 더 비크까지 팀을 이루어 다양한 방식으로 음악 활동을 하고 있다.

이들의 비디오, 오디오 작업 중 내가 가장 좋아하는 건 콜드플레이의 〈파라다이스〉를 나이지리아 가수 알렉스 보예와 함께 연주하는 '페포니(Peponi)' 뮤직비디오다. 그랜드피아노와 첼로를 헬리콥터로 들어 올려 미국 유타주의 절벽 꼭대기에 올려 두고는 완전히 새로운 개성을 입은 장엄한 〈파라다이스〉를 들려준다.

그들을 인터뷰했을 때 나는 리메이크 음악가의 한계가 있지는 않은지 물은 적이 있다. 그들이 보낸 답신에는 테일러 스위프트의 〈셰이크 잇 오프(Shake It Off)〉의 가사가 쓰여 있었다. 한국어로는 '사람들이 뭐라 하든 계속할 거야, 멈출 수 없어, 내 안에 음악이 있으니 괜찮아' 같은 내용이다.

"우리 팀의 목적은 처음부터 행복이었어요. 우

리는 모두 우리의 아이들에게서 영감을 얻어요. 아이들에게 음악을 제일 먼저 들려주고 아이들이 웃으면 사람들도 웃겠구나 생각해요. 우리는 그냥 우리가 즐거운 걸 계속하려고요.”

나무가 자라는 모습을 오래도록 지켜보며 음을 고르는 노인, 어린아이들이 웃을 수 있으면 그만인 피아노 가게 아저씨들. 가치관은 서로 다르지만 좋은 예술이 좋은 삶과 등을 맞대고 있다는 건 과연 사실이다. 좋은 예술은 좋은 삶으로부터 나오며, 그 좋은 예술이 예술가에게 다시 좋은 삶을 마련한다.

‘나의 사적인 음악가들’이라는 제목은 요즘 읽고 있는 윤혜정의 인터뷰집 『나의 사적인 예술가들』에서 빌려왔다. 음악 기자의 일이란 그저 음악가의 작업을 글로 풀어내거나, 그의 말을 그대로 옮겨 적는 것일 수도 있다. 그렇게 느끼며 뭔가 좀 허무해한 때도 있었다. 에디터의 역할에 대해 “‘나’의 일상을 들여다보고, ‘당신’의 세계와 조우하며 동시대의 ‘우리’를 기록하는”* 일이라고 쓴 윤혜정 작가의 글을 읽으며 기자를 그만 둔 지금에야 뒤늦은 위안을

---

* 윤혜정, 『나의 사적인 예술가들』, 을유문화사, 2019, 6쪽.

얻는다. 어떤 눈으로 그 음악을 들여다보느냐, 어떤 언어로 질문을 던지고 그 답을 풀어내느냐에 따라 음악가와 독자 사이에 완전히 다른 징검다리가 놓일 수 있다.

예술가를 만나 이야기를 듣고 글로 적는, 윤혜정 작가가 "번민에 대한 해결법이 외부를 돌고 돌아 '지금' '여기'에서 '글 쓰는 나'로 귀결되"*는 기분이라고 쓴 그 일이 요즘은 조금 그립다. 인터뷰어 역할을 다시 맡게 된다면 음악가들의 영감을 그대로 옮기려 애쓰는 대신 새로운 무언가를 창조하는 마음으로 재미있는 대화를 이끌 수 있을 것 같다. 진작에 잘할걸. 앞으로 주어질 수도 있는 일에 대한 다짐이라고 하는 편이 좋겠다.

* 윤혜정, 같은 책, 같은 쪽.

나의 일

## 건강한 몸으로

글을 쓰려면 글 쓰는 몸을 만들어야 한다. 가사를 쓸 때는 가사 쓰는 몸이 필요하고, 산문을 쓸 때는 산문 쓰는 몸이 필요하다. 학술적인 글을 쓸 때도 마찬가지다. 무드가 비슷한 글을 근래에 좀 읽은 상태, 하고 싶은 말을 머릿속에 둥둥 띄워놓은 상태, 적당히 조용하고 적당히 편안한 그런 상태가 필요하다.

실상은 늘 다른 몸으로 다른 글을 쓴다. 열심히 사회학 이론을 읽다 가사를 얼른 완성해 보내야 할 때면 곤란하다. 하나의 논리를 쪼개고 파헤치고 관점들을 나열하고 인용하고 왜 아닌지, 왜 아닌지, 왜 아닌지, 왜 맞는지, 왜 맞는지, 왜 맞는지를 열심히 좇아가다 갑자기 멈추고 직관과 느낌과 감각을 깨운다. 왜 아닌지, 왜 맞는지 따지다가는 가사는 한 줄도 못 쓸 것이다.

메모장을 뒤진다. '작사 노트' 폴더에는 209개의 메모가 있다. '아무튼, 클래식' 폴더에는 53개의 메모가 있다. '아이디어' 폴더에는 12개가, '메모' 폴더에는 42개가 있다. 어떤 내용을 어떻게 구분해 넣은 건지는 잘 기억이 나지 않는다. '대학원' 폴더는 0개다. 영감이 충만하던 과거의 나를 서둘러 불러온다. 야, 어떻게 좀 해봐….

어떤 글은 너무 쉽게 쓰이고 어떤 글은 너무 어렵게 쓰인다. 이렇게까지 할 이야기는 아닌 것 같은데 너무 많은 사람이 반복하고 있는 것처럼 들리는 이야기가 있다. 이렇게까지 나 혼자 괴로워할 일은 아닌 것 같은데 놀랍도록 아무도 듣지 않고 있는 것 같은 이야기도 있다.

손바닥 위에 쓸 수 있을 만큼 짧은 글이 큰돈을 벌어다주기도 하고 몇 달을 끙끙대고서야 완성한 글이 단 몇 명이 읽었는지, 그마저도 아닌지 알 수 없을 때도 있다. 나는 그저 주어진 기회를 잡기 위해 글을 쓰고, 옳다고 믿는 일을 계속하기 위해 애를 쓴다.

이렇게는 안 되겠다, 어제 낮에는 그런 생각이 들어서 노트북을 닫고 밖으로 나갔다. 어떤 글을 쓰든 건강한 몸이 필요하다. 건강한 생각이 건강한 말을 빚어낼 텐데 너무 지쳐 있었다. 원하는 결과물을 손에 쥐지 못한 날은 운동량이 거의 없어도 몸과 마음이 잔뜩 피로하다.

구미의 목줄을 야무지게 착착 채우고 같이 뒷산에 올랐다. 산 이름을 딴 아파트에 3년째 살고 있

으면서 처음 가보았다. 물을 한 통 가득 채워 손목에
걸고 흙을 밟았다. 차가운 바람을 맞고, 나무가 정화
해준 맑은 공기를 들이마셨다. 20분쯤 걸으니 벌써
숨이 차서 나무 밑동에 앉아 후, 하고 숨을 가다듬었
다. 뭔가를 새로 쓸 수 있을지도 모른다. 집에 돌아
오며 그렇게 생각했다. 번잡스러워도 짐을 챙기고
몸을 움직이고 냄새를 맡고 숨을 쉬고 하늘을 올려
다보고 넋을 좀 놓기도 해야 비워진다. 구미의 신난
엉덩이를 보면서 정신을 정돈할 필요가 있다. 그래
야 다시 듣고 쓸 수 있다.

## 꼭 박쥐처럼

아도르노의 철학을 열심히 읽고 있다. 몇 년쯤
주기적으로 읽고 있다. 테크놀로지가 발전하고 문화
'산업'이 건설되면서 예술이라는 존재가 새로운 질
서에 따라 움직이기 시작할 때, 그것들을 구체화해
논리를 부여한 이론가다. 1969년에 세상을 떠난 이
독일인의 위대한 산문을 후학들은 더 잘게 쪼개거나
이음매로 늘려가며 본뜻을 이해하려 노력한다.

아도르노의 글에서 인상 깊은 것은 예술의 종
류를 구분하는 방식이다. 내가 보기에 아도르노는

창작자로서 말한다. 아도르노는 들어 즐겁기만 한 '가벼운 음악'과 미학적으로 가치 있는 '진지한 음악'을 구분하며 위계 짓기를 시도한다.

아도르노의 주장은 불성실한 학자들 탓에 '가벼운 음악=대중음악', '진지한 음악=클래식 음악'으로 이해되고 전파되어왔다. 사실은 '가벼운 음악=시장을 지향하는 음악', '진지한 음악=창작자 내면에 침잠하는 음악'이 맞다.

그러니 클래식 음악이어도 시장을 지향하고 있으면 가벼운 음악, 대중음악 영역으로 분류되어도 듣는 사람들을 의식하지 않은 채 내면 깊숙한 곳에서 흐르는 소리를 적고 노래한다면 그건 진지한 음악이 된다. 아도르노는 '대중음악'이라면 들어보려는 시도조차 안 했겠지만 말이다.

사회학자이자 미학자였던 아도르노는 아방가르드 작곡가를 꿈꾸기도 했다. 그래선지 감상자 스스로 분별력을 가지고 좋은 음악을 구분할 줄 알아야 한다며 종종 분개했다. 제대로 된 관객이라면 작품에 대한 이해를 다 마치고 완벽하게 준비한 후에 한눈팔지 말고 집중해서 들어야 한다고 강조했다.

나는 아도르노의 분노에 공감한다. 그리고 꼭 박쥐처럼, 필요한 때에 필요한 자세를 취한다. 내가 음악이라는 커다란 세계 안에서 몇 가지 정체성을 가지고 있기 때문이다.

클래식 음악 작곡을 전공했고 그 세계에 대해 기록하는 기자였다가 지금은 음악을 듣는 사람들을 공부하는 연구자다. 또 대중음악의 가사 쓰는 일을 한다. 클래식 음악에 대한 글을 써달라는 의뢰를 받으면 아도르노라는 안경을 쓰고 사람들이 잘 모르는 음악의 가치를 밝히려 애쓴다. 지위를 부여하기도 하고 진가를 드러내겠다는 의욕이 앞서 그런 음악에 관심을 두지 않는 사람들을 다그치기도 한다.

반대로 노랫말을 쓸 때는 한 사람이라도 더 들으면 좋겠다는 생각으로 눈과 귀와 마음을 활짝 연다. 스치듯 듣다가도 귀를 쫑긋하게 만드는 표현을 고르고 직관적으로 소통하려 애쓴다. 음원이 발표되고 나면 순위를 살피며 내가 쓴 노래에 대해 다들 뭐라고 하나 댓글도 열심히 읽는다.

나름의 철학이 없는 건 아니다. 늘 책임감을 중요하게 생각한다. 가사를 쓸 때의 책임감이란 듣는 사람이 주인이 되는 음악을 만들겠다는 마음이다. 이왕이면 괜찮은 결을 멜로디에 포개겠다는 마음이다. 노래하는 사람과 작곡가와 제작하는 사람의 노력에 폐를 끼치지 않겠다는 마음이다.

반대로 기사를 쓰고 논문을 쓸 때의 마음이란 세상이 알아주든 그렇지 않든 자기 자신과 작품을 꿋꿋하게 책임지는 예술가들에 대한 선망이다. 배워서 알게 된 아름답고 신비로운 세계와 그것의 존재를 아직 알지 못하는 이들의 세계에 하나씩 하나씩 징검다리를 놓고 싶다는 의지다.

그러니까 적어도 나에게는 음악이라는 대상에 접근하는 방식과 일하는 방식이 다를 뿐 고급 음악이니 가벼운 음악이니 하는 구분은 의미가 없다.

그렇다고 아도르노의 주장에 반대하는 건 아니다. 고독한 예술가들, 외로운 감상자들에게 아도르노의 글은 귀하다. 아도르노는 감상자들을 걱정했다. 자본주의 생산 노동 공정에 감금된 채 물신화된 음악만 들으면 점점 공허해지고 외로워질 거라고 예견했다. 비판적인 사고 능력이 있어야만 진정한 즐거움을 찾을 수 있다고 했다.

아도르노의 글을 영상으로 옮겨놓은 듯한 뮤직비디오가 있다. 피아니스트 비킹그루 올라프손이 연주한 바흐 BWV 855a(알렉산더 질로티 편곡)다. 바닷가 근처 생선 가공처리 공장에 다니는 주인공은 매일 같은 시간에 출퇴근 카드를 찍고 일을 시작한다. 컨베이어벨트가 회전하는 속도에 맞추어 생선 살을 발라내고 포장하고 청소하는 게 그의 일이다. 그런 일에 염증을 느끼는 그의 귓가에는 계속해서 음악이 감돈다. 발끝에 닿을 만큼 바다를 가까이에서 느끼고, 꿈속에서도 바흐의 음악을 듣는다. 흐리멍덩한 눈으로 도려내질 운명을 기다리고 있는 생선을 바라보다가 남자는 결국 작업복을 벗어 던지고 노를 저어 바다를 거슬러 나아간다. 마지막 장면은 찰나의 미소로 끝이 난다. 올라프손의 연주는 어둑하게 신비스럽고, 또 도발적이다. 뮤직비디오 속 남자처럼 모두가 일을 집어치우고 노를 저어 바다로 나아가지는 못하더라도 바흐의 피아노 소리를 들어내기를, 아도르노는 바랐을 것이다.

음악가도 아니면서 음악가의 마음으로 산다. 시인도 아니면서 시인처럼 고민한다. 건강한 하루가 아주 귀하다. 자기 자신에게 취한 듯한 글은 극도로 싫어하지만 그래도 너무 슬프지 않게 무사히 잘 써낸 글은 뒤늦게라도 조금은 다독여도 괜찮겠다고 생각한다. 건강하게 무사한 하루가 요즘은 정말 소중하다.

오늘 저녁에는 프란스 브뤼헨의 리코더 연주 음반을 틀어두었다. 바흐 브란덴부르크 협주곡 2번과 4번이면 훌륭하다. 개량되기 전의 나무 악기가 들려주는 소리. 조금은 뭉툭해도 걸리는 것 없이 깨 끗하고 맑게 뻗어 나온 소리에 마음이 평온해진다. 등산이라고 해봐야 길지도 않았는데 구미는 이틀째 잠을 많이 잔다. 내일은 다시 뭔가를 새로 쓸 수 있 을 것 같다.

파리의 산책자

파리를 배회하던 철학자 발터 벤야민은 빅토르 푸르넬의 글을 인용하며 산책자와 구경꾼의 차이를 밝힌다. 구경거리들에 정신이 빼앗겨 그것에 도취하고 열광하느라 비인격적 존재가 되는 구경꾼과는 달리 순수한 산책자는 늘 그 개성을 잃지 않는다고 썼다.

산책자는 눈앞에 감각적으로 나타나는 것뿐만 아니라 종종 단순한 지식, 죽은 데이터까지 마치 몸소 경험하거나 직접 체험해본 것처럼 자기 것으로 만들어버린다.*

메모처럼 조각조각 남겨진 벤야민의 기록들이 너무 어려워 꾸역꾸역 읽다가 그래도 이 문장은 공감이 돼서 밑줄을 쳤다. 산책을 통해 '몸으로 느끼는 지식'이 있다는 이 말을 실제로 경험한 적이 있기 때문이다.

팬데믹이 시작되기 직전에 파리를 여행하고 왔다. 그리고 파리에서 내가 좋아하던 음악의 심장, 그 실체를 확인하는 경험을 했다. 파리에 머무는 동안

* 발터 벤야민, 『도시의 산책자』, 조형준 옮김, 새물결, 2008, 11쪽.

나는 내내 드뷔시의 피아노곡들을 떠올렸다. 센강 주변 어딘가에 서서 내면에 흘러나오는 소리에 조용히 집중하는 드뷔시의 뒷모습을 멋대로 상상했다. 색채와 감각을 입은 음의 환영, 드뷔시의 직관이 빚어낸 그 위대한 것들이 금방이라도 만져질 것만 같았다. 너울너울한 낭만의 풍경, 흩어지는 건반의 노래들, 내게 파리는 오감을 깨우는 총체의 기억이다.

어떤 대상을 좋아하는 마음은 긴 시간을 겪으며 그 이유와 정도를 바꾸기도 한다. 오늘은 파리가 내게 들려준 이야기를 적어보려고 한다.

어렸을 때부터 드뷔시의 피아노곡들을 좋아했다. 살랑살랑 흔들리는 듯한 예쁜 수채화를 피아노로 치면서 노는 느낌이었다. 구구절절하게 피로감을 주거나 설득하는 법이 없다. 〈목신의 오후에의 전주곡〉처럼 때로는 나른하게 관능적으로 듣는 이들을 끌어당기는 그 기술이 멋지다고 생각했다. 무엇보다 과격하지 않은 방법으로도 혁신을 이뤄낼 수 있음을 보여준 작곡가가 아닌가!

그런데 어느 순간부터 드뷔시의 음악을 들을수록 그 황홀경이 품은 음울, 냉정함, 위태로움 같은 이면을 조금씩 느끼게 됐다. 나이를 먹어서일까. 공부를 좀 더 해서일까. 섬세하고 매혹적인 음형들이

언뜻언뜻 비추는 처연함과 우울감, 그런 감정들까지 모두 보태 그 음악을 사랑하게 됐다.

그런 마음을 품은 채 파리에 가게 됐다. 첫 여행의 설렘을 안고 이 도시에 도착하자마자, 숙소에 들르려 지하철을 타자마자 백건우 선생님을 만났다. 아니, 예술적인 도시인 줄은 알았지만 지하철만 타면 막 백건우 선생님 같은 분이 타고 있고 그럴 줄은 몰랐다. 붐비는 객차 안에서 용기를 내어 휘적휘적 걸어갔는데 애처롭게 뻗은 내 손을 뒤로하고 선생님은 한 정거장 만에 떠나버리셨다. 선생님, 제가 공연도 여러 번 보러 갔고요. 예전에 동료들이랑 같이 인사 나눈 적도 있는데 물론 기억은 안 나시겠지만 제가 정말 존경… 그 짧은 사이에 얼마나 많은 말을 준비했는데. 롱코트가 잘 어울리는 파리지앵의 모습을 한 채 인파 속으로 사라진 선생님의 뒷모습, 프랑스 여행의 첫 장으로 이보다 더 완벽한 게 있을까.

덩치 큰 가방을 꾸역꾸역 끌고 올라오니 지상의 풍경은 더 놀라웠다. 노란빛 조명을 휘감은 도심의 밤은 긴 비행의 지루함을 순식간에 지워버렸다. 공기마저 낭만적으로 느껴지던 그 밤, 사진으로 남겨두지 못한 게 두고두고 아쉽다.

파리에서 머문 길지 않은 일정 동안 미술관, 박

물관, 성당만 신나게 다녔다. 건물 안으로 들어가 종아리가 쑤시고 발목이 뻐근해질 때까지 둘러보다 다시 센강 주변 어딘가로 토해져 나와서야 시간의 흐름을 알아차리는 나날을 보냈다. 전동차 같은 데 앉아 명화나 오래된 건축물을 둘러보는 투어 상품이 있으면 좋겠다고 투덜대다 돈벌이가 안 될걸 하는 의미 없는 대답만 들었다.

센강의 왼쪽과 오른쪽, 낮과 밤, 잔잔한 풍경과 일렁이는 물결을 마주할 때도 역시 자연스레 드뷔시가 떠올랐다. 뼈대도 근육도 없이 오직 인상만 있는 음악이라는 드뷔시를 향한 당대의 비아냥이 얼마나 날카로운 비평이었는지도 파리를 보고서야 눈으로 이해했다.

파리를 여행하며 피아니스트 피에르 로랑 에마르의 연주로 드뷔시의 두 권의 프렐류드와 두 권의 〈영상〉을 반복해서 들었다. 인상주의 화가들이 윤곽을 흐릿하게 뭉개 신비로운 장면을 그려냈다면 음악은 훨씬 더 섬세하게 세분화된 음표들로 번져나가는 소리의 울림을 좇아야 한다. 자연 속에서 흔들리고 움직이는 대상 하나하나를 자기만의 방식대로 표현하고, 소리 사이사이의 여운마다 색채감을 심어 넣은 드뷔시의 위대한 기록이 밤하늘 아래 굽이지듯 들려왔다.

　에마르의 연주는 반짝반짝 빛이 난다. 충분히 감성적이면서도 깊이가 있다. 무엇보다 드뷔시 작품의 특징인 어두워지거나 밝아지고, 빨라지거나 느려지는 흐름과 방향을 정확히 인지하고도 구심력을 발휘하듯 균형을 지키려 애를 쓴다. 들으면 들을수록 그 혜안이 놀랍다. 파리에서의 기억을 더듬으며 이 글을 쓰면서는 조성진의 2017년 드뷔시 음반을 듣고 있다. 에마르와 달리 조성진은 원심력을 가지고 마음껏 뻗어나가듯 연주한다. 깨질 듯 맑은 음색으로 황홀감을 선사하는 좋은 연주다. 가장 좋아하는 '물의 반영'을 연거푸 듣는다.

　유럽에 가면 꼭 한 편이라도 공연을 보려고 애쓰는데 파리 오케스트라의 연주회가 매진인 탓에 대기를 걸어두고도 아무런 연락을 받지 못했다. 대신 친절한 한국어 오디오 가이드를 목에 걸고서 오페라 가르니에 안팎을 구석구석 둘러봤다. 2만 원을 들여 만들어간 국제학생증으로 5천 원쯤 할인을 받고 바보처럼 좋아하며 입장했다.

　유럽에서 가장 아름다운 극장이라 손꼽히며 황금궁이라고도 불리는 극장, 파리의 오페라와 발레의 중심이 된 곳, 〈오페라의 유령〉의 배경이 되기도 한

곳. 과연 화려함의 극치. 천장까지 빼곡한 금빛 장식과 부르주아들이 느리게 움직였을 거대한 공간을 서성이며 얼마나 많은 노동자가 이곳을 짓느라 시달렸을까 생각했다. 늘 이런 식이다. 발레 무용수들이 발끝으로 꼿꼿이 서서 보기 좋은 무대를 만들기 위해 노력한 기록물을 보고 있자니 다들 원해서 한 일일까, 또 그런 생각이 들고 만다.

극장 내부 천장에는 샤갈의 그림이 새겨져 있었다. 1871년 개관한 극장에 리모델링 격으로 1964년에 그려 넣은 거대한 천장 벽화다. 어둑한 고전적 건축물 양식에 밝고 화려한 원색의 추상화를 새겨넣겠다고 결정했다니 프랑스인들의 과감성이 무척 예술적으로 느껴졌다. 뻣뻣해진 목덜미로 한참을 올려다보고 있으니 모차르트, 바그너, 드뷔시, 라벨, 베를리오즈, 차이콥스키, 오페라사에 공헌한 작곡가들을 상징하는 장면들이 눈에 들어왔다.

몽환적이고 환상적인 샤갈의 그림으로 이 오페라극장은 동시대인들의 일상과 한층 더 멀어졌을 것이다. 일상의 시름을 잊게 하는 판타지를 마련하거나, 완전히 다른 세상의 취미 생활로 남거나.

구경하는 일은 들뜨게 하는 한편 금세 지치기도 한다. 유난히 작은 원형 테이블마다 바짝 붙어 앉은 일행들 틈에 한 자리를 챙겼다. 이런 순간에는 역시 에릭 사티가 어울린다. 에어팟을 꺼내 애플 뮤직을 켜고 알렉상드르 타로의 피아노 연주에 미끄러져 들어갔다.

세 개의 짐노페디, 여섯 개의 그노시엔느. 사티가 생계를 위해 몽마르트르의 어느 카페에서 피아노 연주 활동을 하던 시기에 쓴 곡들이다. 웅변적인 바그너의 음악도 싫어했지만 감각만을 내세운 드뷔시의 음악도 싫어했던 사티는 단순함에 초점을 맞춘다. 흐름이 단조롭고 듣기에 편안하다. 그런 장점은 대중성이라는 표현으로 부정적인 뉘앙스를 입기도 한다. 학자들이 손쉽게 내린 평판과는 달리 많은 청자가 그 곡을 듣고 기쁨을 누렸을 것이다. 타로가 연주하는 사티는 짙은 그늘을 드리우고는 그 음울함 안에 흔들리는 도시의 풍경을 담는다.

비를 쫄딱 맞고 개선문을 오르던 밤 그리고 런던으로 넘어가는 열차의 출발 시각을 착각해 가방을 둘러메고 초인적인 힘으로 역사를 내달린 마지막 순간까지, 파리에서의 며칠은 다이내믹하고 또 즐거웠다. 다시 찾아갈 이유가 충분하다.

일상으로 되돌아온 아쉬움이 채 가시기 전에 드뷔시의 『안티 딜레탕트 크로슈 씨』를 읽다 앞서 언급한 곡들과 비슷한 시기에 쓰인 프랑스 작품을 하나 소개 받았다. 폴 뒤카의 피아노 소나타다. 요 며칠 피아니스트 마르크 앙드레 아믈랭의 연주로 반복해 들으며 마음을 쏟고 있다.

전통이 깃든 견고한 느낌, 감정적 도취, 화려함과 격정, 어둑한 우울감 그리고 근원을 알 수 없는 그리움. 파리라는 도시에서 내가 받은 인상의 면면들이 이 곡 안에 전부 녹아 있는 듯하다. 내밀하게 파고들 만한 깊이 있는 이야기, 감정적 동요를 불러일으키는 뜨거운 전개까지 다 담고 있는데 연주자들은 왜 무대에 자주 올리지 않을까.


두 눈을 감으면 누구에게나 떠오르는 좀처럼
잊혀지지 않는 광경은 가이드북의 지침대로
바라보았던 광경이 아니라 당시에는 전혀
주목하지 않았던 광경, 어떤 과오나 사랑,
쓸데없는 근심 등 전혀 다른 것을 생각하다가
그냥 지나쳤던 장소의 광경들이다. 지금
우리에게 그러한 배경이 보이는 것은 당시에는
그것들이 보이지 않았기 때문이다.*

* 발터 벤야민, 같은 책, 53쪽.

파리에 다시 가고 싶다. 다시 한 번 파리의 자유로운 산책자가 되고 싶다. 다시 간다면 '꼭 가봐야 하는 곳', '꼭 사야 하는 물건 목록' 같은 건 거들떠보지도 않을 텐데. 구경꾼이 되어 기웃기웃하는 대신 드뷔시와 사티와 뒤카, 에마르와 타로의 흔적을 천천히 따라 걸으며 음악적 풍요를 온몸으로 누릴 텐데. 벤야민의 말처럼 거대한 건물이나 정경보다 마음이 움직였던 작은 순간들이 무척이나 그립다.

그리고 베를린에서

자유의 도시 베를린, 젊음의 도시 베를린. 베를린에 다녀오기 전까지 나는 베를린이 그런 수식어로 불리는 이유를 도무지 알지 못했다. 온통 규칙, 규칙뿐인 보수적인 독일의 음악을 공부하며 나는 강박 혹은 경외감 같은 것을 가지고 있던 것 같다. 책으로 접한 나치 시대의 풍경 또한 독일 전체에 대한 나의 심상을 정했다.

히틀러는 바그너를 신봉했다. 자신의 연설에 앞서서는 베를린 필하모닉 오케스트라에 안톤 브루크너의 교향곡을 연주하도록 했다. 수용소로 향하는 소년들은 베토벤의 〈환희의 송가〉를 노래해야만 했다. 바그너는 베토벤의 전통을 구현하려 했고, 리하르트 슈트라우스는 히틀러의 권력 앞에 무기력해져 갔다. 클래식은 그렇게도 쓰였다. 지휘자 카라얀은 나치에 동조하고도 지금껏 숭배의 대상이다.

이런 사실들이 책과 영화를 통해 나에게 차곡차곡 전해졌다. 나는 역사와 문화에 대해 깊이 있는 지식을 지니지 못했고 보수주의, 애국주의, 민족주의 같은 것들을 혼동했다. 전통적인 것을 옹호하는 음악가를 나치즘 신봉자로 오해하는 식이다. 기나긴 역사 속 일부에 지나지 않는 종교 혹은 국가인 반유대주의를 독일이라는 나라 전체에 덧씌운 채, 부끄

럽지만 한동안 그렇게 독일의 음악을 대했다.

바그너의 음악을 좋아하지 않는다. 그저 취향 때문인지 음악보다 먼저 작곡가의 배경을 접했기 때문인지 잘 모르겠다. 어쨌건 바그너의 음악은 온통 과장되고 야단스럽게 느껴진다. 미묘한 매력이나 여운, 고독한 정서 같은 건 찾아보기 어렵고 처음부터 끝까지 마치 웅변하듯 극단적인 표현만 가득하다. 자기 민족을 찬미하고 또 스스로를 찬양하는 자아도취의 끝. 그가 평생 부지런히도 남긴 반유대주의 선동 글들을 읽지 않고 음악을 들었다면 조금 다른 감흥을 느꼈을까.

넷플릭스 오리지널 드라마 〈그리고 베를린에서(Unorthodox)〉를 감상하다 주인공 에스티와 묘한 동질감을 느꼈다. 에스티는 아주 폐쇄적인 뉴욕의 유대교 공동체에서 자랐다. 종교 규율에 따라 여성들은 결혼하면 삭발을 해야 한다. 배우자가 아닌 다른 남성에게 머리칼을 보여서는 안 되기 때문이다. 그 결혼을 누구와 할지, 성관계는 언제 어떻게 해야 할지조차 정해져 있다. 교육을 받는 것도, 사회생활을 하는 것도 여성들에겐 기회가 주어지지 않는 게 당연한 사회다(실제로 존재하는 공동체라고 한다).

에스티의 엄마는 그런 생활에 지쳐 자유를 찾

아 동성 연인과 함께 떠났다. 에스티도 엄마처럼 공동체로부터 도망친다. 에스티가 아는 건 엄마가 베를린으로 탈출했다는 것. 그렇게 에스티는 베를린으로 향한다.

베를린에 도착한 첫날부터 에스티로서는 놀랄 수밖에 없는 풍경이 펼쳐진다. 저택의 호수에서 사람들이 즐겁게 수영하는 장면도 그중 하나다. 그곳은 나치가 유대인을 강제수용소에 밀어 넣기로 결정한 회의가 열린 장소로 널리 알려진 곳이다.

우연히 만난 음대생 친구 로베르트는 베를린 장벽이 세워졌을 때 자유를 찾아 이곳으로 헤엄쳐 건너오던 사람들을 동독 경비대가 쏴 죽이기도 했다고 에스티에게 알려준다. 그러고는 "호수는 죄가 없지"라는 말을 덧붙이고 물속으로 뛰어든다. 바로 그곳에서 에스티도 물속으로 천천히 들어간다. 그렇게 크게 한숨을 쉬며 경직된 몸을 물 위에 누임으로써 생애 처음 해방감을 느낀다.

같은 무리에 있던 이스라엘 출신 야엘은 베를린이 처음이라는 에스티에게 홀로코스트 추모공원에 가서 셀카를 찍으라고 장난스럽게 제안한다. 에스티는 수용소에서 가족 전부를 잃은 조부모를 언급하며 발끈한다. 그런 에스티에게 야엘은 대수롭지 않다는 듯 말한다. "이스라엘 사람 절반이 그래." 그러고는 또 이렇게 덧붙인다. "감상적으로 과거를 대하기엔 현재를 방어하기 바빠서 말이야."

에스티만큼은 아니지만 베를린에 처음 갔을 때 나 또한 놀랐다. 나뿐만 아니라 베를린 여행객 대부분이 홀로코스트 추모공원 앞에서 당혹스럽지 않았을까. 도심 속 광활한 부지, 2711개의 검은 사각기둥이 빽빽이 줄지어 있는 풍경. 쏟아지는 햇살 아래 건조하게 늘어선 어둑한 비석들이 오히려 예술적인 인상을 전하는 그곳. 그 안에서 신나게 뛰고 노는 아이들과 사진을 찍으며 자유롭게 거니는 사람들이 낯설었다.

경건하게 조심스러운 몸짓으로 애도의 의례를 치르지 않아도 그 마음이 자연스럽게 전해지고 퍼지도록 설계돼 있었다. 관광지처럼 그저 잠깐 들렀다 가기보다는 시간을 두고 희생자들의 고통과 비극을 숙고하게 하기 위해서라고 하니 목적이 훌륭히 실현되었다는 생각을 했다.

베를린 첫 여행에서는 베를린 필하모닉 오케스트라의 연주를 보러 갔었다. 필하모니홀은 세련되고 현대적인 분위기였다. 우리는 연신 독일스럽다 하고 말했다. 우리는 그 말을 긍정적인 뜻으로 했다. 두꺼운 시즌 프로그램북, 클래식 악기로 재치 있게 디자인한 엽서 같은 것을 잔뜩 사고 프레츨과 샴페인을 나누며 대화하는 사람들 틈에서 독일스럽다 하고 몇 번쯤 더 말하고 나니 입장 시간이 다가왔다. 위엄이 느껴지는 연주회장 내부에 들어서 값을 꽤 치르고 얻은 좋은 좌석을 더듬어 앉았다.

그날의 지휘자 만프레드 호네크, 바리톤 마티아스 괴르네 그리고 베를린 필은 슈베르트와 리하르트 슈트라우스의 짧은 가곡들을 오케스트라 버전으로 들려주었다. 메인 프로그램인 드보르자크의 교향곡 8번까지 내내 감탄했다.

무엇보다 놀란 건 완벽한 자유로움이었다. 완전하게 유창한 흐름으로 듣는 이들을 끌어당기는 힘. 전통, 만용과 오용, 고통과 슬픔, 무엇으로부터도 자유로운 음악 그 자체의 아름다움을 마주하는 듯했다.

〈그리고 베를린에서〉에서 에스티는 교수의 배려로 실내악단 리허설을 참관한다. 리허설 도중에 교수는 합주를 멈추고 바이올린을 연주하는 다시아라는 학생을 지적한다. 다시아는 혼자만 활을 잘못 썼음을 스스로 고백한다. 그러자 교수는 고개를 끄덕이며 이렇게 말한다.

"생각이 너무 많아."

수백 수천 개의 규칙 속에 하루의 거의 모든 시간을 생각만 하며 살아온 에스티는 아마 억압, 자유 그리고 행복의 의미에 대해 다시 생각했을 것이다. 이 드라마를 보고 돌이켜보니 베를린 필의 연주를 들은 그날의 나 또한 다른 무엇이 아닌 음악 자체에 빠져들며 행복감을 느낀 것이었다.

에스티 역을 연기한 이스라엘 배우 시라 하스는 삭발한 머리와 큰 이목구비 때문인지 섬세한 감정 변화를 화면에 고스란히 드러낸다. 가족들이 그토록 기다린(사실은 강요한) 임신 사실을 알게 됐을 때 그리고 어느 정도 자신 있던 피아노 연주 실력이 그곳의 동료들에 비해 형편없다는 걸 알게 됐을 때, 그럴 때마다 에스티는 잠깐씩 무너지기는 해도 금세 훌훌 털고 앞으로 나아간다.

길지 않은 이 4부작 드라마는 속도감이 느껴지는 빠른 음악에 에스티의 여정, 그 뒤를 쫓는 남편 얀키와 사촌 모이셰의 움직임을 번갈아 보여주며 긴장감을 조성한다. 나로서는 그 속도보다 방향성이 무척 인상 깊었다.

'신은 존재합니까?' 에스티는 처음 접한 검색 엔진에 이런 질문을 적어 넣는다. 그러면서도 어쩌다 베를린에 왔느냐는 친구의 질문에는 이렇게 답한다. "하나님께서 너무 많은 걸 기대하셔서, 그래서 왔어."

자신이 속해 있던 곳은 결코 감옥이 아니라고 힘주어 말하는 표정에서 자신의 과거를 부정하지 않고 보듬으려는 자존감 같은 것이 묻어났다. 부족한 피아노 연주를 고집하는 대신 할머니와 몰래 듣던 슈베르트의 가곡 〈음악에 부쳐〉를 부르는 것으로 장학생 테스트를 치르는 마지막 장면은 어떻게든 자신의 미래를 스스로 결정해 행복을 누리겠다는 의지를 드러낸 것 아니겠는가. 음악이 마련해줄 자유로운 세상에 작은 체구를 내던지는 에스티가 가엽고 멋져서 그 여운을 한참 곱씹었다.

베를린이라는 여행지는 아무튼 좀 이상했다. 베를린 필의 공연을 본 다음 날 유대인 노동자들이 짓고 숨었다던, 이후 범죄자 소굴이 되었다가 현대 예술 전시장이 된 벙커에 들어가 놀았다. 홀로코스트 추모공원을 포함한 여러 박물관을 구경하고 낮과 밤에 베를린 장벽을 따라 걸었다.

바 타우젠트라는 스피키지 바에도 들렀다. 한껏 기대한 채 주소를 따라 걸어도 간판도 문도 보이지 않아 당황했는데 누군가 열어젖힌 작은 철문 안으로 상상도 못 할 진귀한 공간이 펼쳐졌다. 깜깜한 조명 아래 현대미술 작가의 설치 작품 같은 구조물이 놓인 안으로 들어서자 장르를 구분하기 어려운 혁신적인 음악이 흘러나왔다. 한껏 차려입은 베를린의 젊은이들 속에서 두리번거리기를 멈추고 우리도 그 공기에 몸을 맡겼다.

잘못을 인정하며 살아갈 용기가 나에게도 있나. 내가 바라는 미래로 나아가기 위해 나는 나의 과거까지 보듬어 챙길 수 있나. 별로 자신이 없다. 돌아보면 늘 어설펐던 일들만 가슴에 남아 있고 고개를 저어 떨치기 바쁘다. 독일 그리고 에스티가 그랬던 것처럼 고통과 슬픔, 반성을 예술로 승화하는 능력을 나도 가질 수 있다면 좋겠다. 그렇게 좀 힘차게 앞으로 나아갈 박력 같은 것을 갖고 싶다.

친구들을 처음 만났을 때 에스티가 피아노를 연주할 줄 안다고 하자 다시아는 "뭐, 적어도 삶은 있네" 하고 말한다. 나에게도 음악이 있어 다행이다 하고 생각했다. 음악이 있는 삶이 있어 다행이다. 드라마 한 편에 참 거창하게도 삶에 대해 생각한다.

영화를 위한 음악

남편과 연애할 때부터 지방 곳곳으로 여행을 잘 다녔다. 이동 시간이 길 때면 둘이서 이런저런 소소한 놀이를 한다. 그중 가장 재밌는 건 영화 제목 맞히기다. 남편은 영화음악가 한스 짐머의 열렬한 팬이라 한스 짐머의 음악이라면 단 몇 초만 듣고도 바로 알아챈다. 〈캐리비안의 해적〉 같은 유명한 테마는 당연하고 〈다크나이트〉 시리즈나 〈인셉션〉, 〈인터스텔라〉 같은 최근 대작부터 내가 두 살 때 나온 〈레인맨〉까지 줄줄이 꿰고 있다. "이걸 몰라?" 하는 빈정거림을 조금 참고 견디기만 하면 이 선율은 어떤 장면에서 쓰인 것이고, 이 변주는 어떤 인물이 어떤 맥락에서 어떤 행동을 해서 시작된 거라는 설명을 막힘 없이 들을 수 있다. 나는 남편이 승부욕을 부리는 모습이 즐겁기도 하고 몰랐던 음악을 알아가는 게 재미있어서 신나게 문제를 낸다. 목적지에 도착하는 게 아쉬울 정도로 신나게 떠들다 남편이 물었다.

"옛날로 치면 한스 짐머가 베토벤이지 뭐. 안 그래?"

베토벤과 한스 짐머. 공통점을 따지고 들면 결국 틀린 말이 되겠지만 어느 한 시대에 가장 멋진 음악을 쓴 사람이라는 의미로 얼렁뚱땅 받아들이자면 동의하지 못할 것도 없다. 한스 짐머는 신시사이저를 어쿠스틱 악기와 조화롭게 사용해 감각적인 사운드를 만드는 작곡가다. 소리 효과에 대한 뛰어난 아이디어는 한스 짐머의 가치를 높인다. 드러머 열 명을 대형 스튜디오에 한꺼번에 불러 놓고 심장이 둥둥 울릴 만큼 리드미컬한 사운드를 녹음한 〈맨 오브 스틸〉 작업 과정 같은 것. 얼마간 매너리즘에 빠졌다가 크리스토퍼 놀란 감독을 만난 이후 변화된 음악 세계를 보인 것 또한 수많은 영화인이 오랫동안 함께 일하고 싶어 하는 이유일 것이다.

작곡가의 자의식을 일정 부분 죽인 채 '배경음악' 기능을 수행해야 하는 게 영화음악의 일차적인 과제라는 점에서 오늘날 영화음악가들의 성과가 놀랍다. 스릴러, 로맨스, SF 같은 다양한 장르의 영상을 성공적으로 뒷받침하고, 그 안에서 독창적인 음악 세계까지 구축한다는 건 두 개의 산을 넘는 일과 비슷하니까.

그러니 한스 짐머와 류이치 사카모토, 알렉상드르 데스플라, 요한 요한손, 힐두르 구드나도티르 같은 개성이 뚜렷한 근래의 영화음악가들을 보면 실로 대단하다는 생각이 든다.

클래식과 영화를 엮은 책들 중에서 내가 좋아하는 책은 그리 많지는 않은 일종의 역사서다. 미국의 영화음악이 날개를 달기 시작한 1920~40년대 풍경을 읽는 걸 좋아한다. 전체주의를 피해 미국 땅에 당도한 콧대 높은 유럽의 엘리트 음악가들이 거대한 영화 산업 안에서 당황하고 '깨지는' 모습이 너무 재밌다…는 고약한 이유에서다. 딱히 내가 고소해할 이유가 없는데 왜 자꾸 폭소가 터지는지.

　허틀러와 스탈린이 협정을 체결하던 시기, 문명 세계의 마지막 희망처럼 여겨진 미국의 음악에 대해 말한다면 늘 에런 코플런드와 조지 거슈윈이 먼저 등장한다. 시대를 대표하는 이 두 작곡가 중 코플런드는 파리 음악원 출신으로 유럽식 교육을 제대로 받았고, 거슈윈은 가난한 러시아 이민 2세로 독학하며 아메리칸 드림을 이루었다.

　'미국적인' 사운드는 이 두 사람으로부터 시작됐다. 거슈윈은 거리의 음악이라 여겨지는 재즈를 콘서트홀로 들여왔고, 코플런드는 미국이 온 인류를 구원해줄 것만 같은 〈애팔래치아의 봄〉 같은 화려한 관현악곡들을 썼다. 코플런드는 거슈윈의 부와 명성을, 거슈윈은 코플런드의 지적 우월성을 서로 의식했다는 기록을 여기저기서 찾아볼 수 있다. 거슈윈은 지식인 집단의 비웃음을 걱정하며 학습을 멈추지 않고 전통적인 협주곡 틀에 맞춰 3악장짜리 피아노 협주곡을 발표하기도 했다고 하니 인정 욕구가 조금은 애처롭기도 하다. 코플런드 역시 낙원과 같은 영화 산업에 발을 들이면서도 고급 문화를 향유하는 클래식 청중이 자신의 연주회에 오지 않을까 전전긍긍했다고 한다. 그러면서도 가난과 무관심에는 괴로움을 느꼈다고 하니 '진지한' 음악가들의 고민이란 예나 지금이나 참 비슷하다.

거슈윈과 코플런드에 비교하는 건 참 당치도 않지만 나와 남편도 음악을 대하는 태도에 차이가 있다. 클래식 음악 작곡을 배우는 같은 학교 같은 과 선후배로 만났는데도 우리는 졸업한 후로 정반대 길을 걸어왔다. 나는 어쩌다 보니 음악을 연구하며 파고들게 되었다. 남편은 드라마 음악 분야에서 주로 일하면서 흥행을 좇아야 하는 책임을 지고 있다. 많은 사람이 들어 누리는 일이 중요한 남편과 자신의 예술 세계에만 몰두하는 사람들이 궁금한 나, 두 사람의 기질의 차이가 지금의 모습을 만들었다. 남편이 글 쓰는 일을 했어도, 내가 재능이 있어서 음악을 계속했어도 지금과 크게 다르지 않았을 것이다. 결과물의 모양보다는 무엇을 말하고 싶은지, 그 이야기가 어떤 방향을 향하고 있는지가 중요하니까.

오늘도 어쩌다 일찍 들어온 남편과 매운 떡볶

이를 시켜 먹고는, 남편은 몇 달 뒤 음악감독으로 참여할 드라마 〈허쉬〉의 대본을 읽고 나는 음악미학 수업을 준비하려고 칸트와 헤겔을 읽었다.

이 글을 써야겠다고 생각하며 거실의 보즈 스피커로 코플런드의 〈애팔래치아의 봄〉을 틀었더니 남편은 방에서 잠깐 나와 "역시 이런 걸 들어야 아이디어가 생긴다니까" 하고는 딱히 앉아서 듣지는 않고 다시 들어가버렸다.

남편은 촬영, 편집, 음향, 믹싱 같은 제작의 긴 과정에서 자신이 해야 할 일을 정확히 안다. 그 목적에 맞는 음악을 짓기 위해 낭만과 감성을 짜낸다. 얼마 전 작업한 웹드라마가 유튜브 200만 뷰를 넘겼다며 손에 잡히지도 않는 숫자로 기뻐하면서 업계의 반응을 걱정하기도 한다. 그러면서 '어려운 음악'을 공부하는 아내를 자랑스럽게 여겨준다. 나는 음악의 우위를 가리는 글을 쓰면서 참 뻔뻔하게 돈을 많이 벌고 싶다고 생각했다. 아무도 몰라주는 일을 하면서도 아무도 몰라주는 일을 하는 나를 알아주길 바라는 마음을 깊숙한 곳에 품었다.

쇤베르크, 스트라빈스키 같은 작곡가들이 할리우드 산업과 맺은 연은 알렉스 로스가 쓴 『나머지는 소음이다』에 자세히 기록되어 있다. 쇤베르크와 스트라빈스키는 영화를 좋아해서 직접 영화음악을 쓰고 싶어 했다. 그중 쇤베르크는 자신이 작곡한 음정과 조성에 맞춰 배우들이 대사를 말해야 한다고 주장하며 엄청나게 큰돈을 요구했다고 한다. 스트라빈스키는 딱히 돈 이야기를 하진 않았지만 너무 많은 시간과 작품에 대한 통제권을 주장했다. 그들이 자신이 원한 영화음악을 썼을 리는 만무하다. 영화사로부터 끝내 답장을 받지 못한 쇤베르크가 머리 아플 만큼 신경질적인 무조성의 3중주 작품을 발표한 것이 내가 웃음을 터뜨리는 지점이다.

코플런드는 다행히 자신의 음악 스타일을 이해하는 감독과 만나 몇몇 작품을 썼다. "완벽한 자기 표현을 고집하겠다면 집에 앉아서 교향곡을 쓰는 게 낫다. 그런 사람은 할리우드에서 절대로 행복해지지 못한다"고 말하기도 했다.*

작곡가 레너드 번스타인은 코플런드보다 열여덟 살 아래로 그보다 더 다양하고 오래 기억될 만한 음악 활동들을 했다. 그는 1954년 영화 〈워터프론트〉에 참여한 경험을 뉴욕타임스에 기고한 바 있는데, 더빙 작업을 지켜보며 자신의 음악이 영화에 어

* 알렉스 로스, 같은 책, 443쪽.

떻게 녹아드는지, 정확히는 배우의 대사나 영화의 전체 흐름을 위해 자기 음악이 어떻게 잘려나가거나 희미해지는지를 담은 글이었다.

　　작곡가는 그 자리에 최대한 반항적인
　태도로 앉아 있다가 끝내는 무거운 마음으로
　작품이 쪼개지는 아픔을 받아들인다. 모두가
　작곡가를 달래본다. '나중에 모음곡에 넣으면
　되잖소.' 달갑지 않은 위로다. 작곡가는 멍하게
　중얼거린다. '영화가 산다잖아.'*

　　나에게는 위인과도 다름없는 작곡가 번스타인이 스튜디오 뒤편에 앉아서는 영화 제작자들에게 아무 말도 못하고 있는 장면을 상상하는 것이 바로 내 웃음 포인트다(나 좀 이상하긴 하다).
　　내가 정말 좋아하는 영화음악가는 요한 요한손이었다. 영상의 의미와 효과를 훌륭하게 뒷받침하면서도 뚜렷한 개성을 선보이는 음악가다. 영화 〈컨택트〉에서 처음 그를 알고 깜짝 놀랐다. 언어학자가

*　레너드 번스타인,『음악의 즐거움』, 오윤성·김형석 옮김,
　느낌이있는책. 2014, 74-75쪽.

외계 생명체와 소통하는 이 영화는 무겁고 인위적인 금속 소리, 사람 목소리와 기계음이 뒤섞이는 오싹한 효과 등으로 완전히 새로운 '음악'을 들려준다. 〈사랑에 대한 모든 것〉도 감탄스러웠다. 미니멀리즘 음악의 계보를 잇는 스타일을 그대로 가져가면서도 옥스퍼드 대학 교정을 배경으로 하는 두 남녀의 사랑, 한 인간의 삶의 긴 여정을 깊이 있게 펼쳐 보인다. 개인 음반인 〈오르페〉를 포함해 그의 음악 세계에 열광했는데 그의 이른 죽음이 너무나 아쉽다.

좋아하는 음악과 자주 듣는 음악이 같지 않을 수 있다. 종종 꺼내 듣는 아끼는 음반이 영화 〈로맨틱 홀리데이〉 오리지널 사운드 트랙이다. 블록버스터 영화 작업을 많이 한 한스 짐머가 남긴 로맨스 영화다.

이 음반은 뭐랄까, 만능이다. 아침에 들어도 늦은 밤에 들어도 좋다. 기분이 썩 괜찮을 때나 아니면 좀 센티할 때도 어울린다. 겨울에 들으면 완벽하지만 딱히 겨울이 아니라도 충분히 좋다. 여럿이 함께 듣기에도, 혼자 운전하며 듣기에도 만족스럽다.

한스 짐머는 그 자체로 훌륭한 하나의 테마를 악기를 바꿔가며, 다양한 무드로 변주하며 이어가는데, 작품 전체에 통일감을 마련하면서도 등장인물들의 심리 묘사에 탁월한 역할을 한다. 2006년 작품인데 여전히 이렇게나 좋다니. 작은방까지 들리게 크게 틀어서 남편을 불러내야겠다.

언젠가 남편과 나의 이야기를 소재로 소설이나 각본을 써보면 재밌겠다는 상상을 한 적이 있다. 클래식 음악을 공부하는 아내와 흥행을 꿈꾸는 대중음악가 남편의 이야기. 음악이라는 공통분모 안에서 서로 지지하며 행복하게 살던 그들은 질투와 오해로 우여곡절을 겪게 되는데… 과연 결말은? 물론 실제로 그렇다는 건 아니다.

현대음악 이야기

마지막 챕터, 이제 와 하는 이야기다. 나는 사실 '아무튼, 클래식' 말고 '아무튼, 현대음악'을 쓰고 싶었다. 그만큼 현대음악을 좋아한다. 좀 더 구체적으로 말하자면 고전음악사에 뿌리를 둔 하나의 음악 장르로서 현대음악을 재미있게 느낀다. 서구 전통 음악의 흐름을 어느 정도 이해하고서 그 계보 위에서 얼마나 새로운 실험이 이루어졌는지, 얼마나 위대한 혁신이 일어나 박수를 받았는지 혹은 조롱을 받았는지 글로 읽고 음악으로 느끼는 일에 흥미를 갖는 것이다.

클래식 음악은 바흐에서 시작해 말러에서 끝나는, 죽은 작곡가들의 예술로 여겨지곤 한다. 음악에 관심이 깊은 사람이라면 클래식 음악의 요소가 재즈나 영화음악, 펑크나 록 등 대중음악으로 이어진 사례도 발견할 수 있을 것이다. '현대음악'이란 말러와 할리우드 영화음악 사이를 메우는 소수의 사람만이 즐기는 하나의 음악 사조다. '현대'라는 이름을 계속 달고 있는 건 이를 과거의 것으로 바꿀 만한, 완전히 새로운 흐름이 아직 생겨나지 않아서다. 젊은 '클래식' 작곡가들은 '현대음악'의 어법에 따라 음, 음향의 서사 혹은 효과를 고민한다. 난해하고 불친절하게 들릴 수도 있지만 지적 호기심을 채워주는 음악의 세계이기도 하다.

　작곡가는 자신이 사는 시대의 소리 풍경을 도
화지 삼아 그 위에 음악이라는 그림을 그리는 사람
들이다. 20세기에 접어들며 기계, 무기와 전쟁 같은
것들이 소리의 풍경을 가득 채웠고 그 울퉁불퉁한
도화지를 받아든 작곡가들은 새로운 작곡법을 고민
해야 했을 것이다. 긴 서사로 마음을 풍요롭게 하던
과거의 음악들과는 다른, 음계를 재배치하거나 음향
에 변화를 주거나, 더 파괴적이고 공격적인 음악적
장면들을 지어내야 한다는 사명을 가지게 되었을 것
이다.

　'현대음악 이야기'로 마지막 챕터의 제목을 일
찌감치 정해두고서 제일 재미있게 쓸 수 있을 줄 알
았는데, 내 삶을 흔든 여러 순간 중 어느 날을 기록
하면 좋을지 긴 고민이 이어진다.

　음악의 '재료'에 대한 생각, 현대를 사는 작곡
가가 하는 일을 알게 해준 책 두 권, '오늘'에 가장
잘 어울리는 미니멀리즘 음악 세계에 대해 이야기해
보려고 한다.

## 음악의 재료

엊그제 아침에는 꼭 산속 사찰에 와 있는 듯한
느낌을 받았다. 밤새 내린 비의 물기를 가득 머금은
시원한 바람에 쨍그랑, 쨍그랑 종소리가 실려 왔기
때문이다. 구미와 함께 목을 쭉 빼서 아래를 내려다
보니 재활용 수거 차가 와서 유리병 같은 걸 차에 담
는 소리였다. 이곳이 극락인가, 꿈보다 해몽일세, 그
소리와 느낌이 좋아 한참을 더 들었다.

가끔 아주 이른 새벽에 눈을 뜨면 고요와 소음
의 상태를 지각할 수 있다. 웅웅 대는 냉장고 소리,
제 일을 잘 하고 있는지 도무지 알 길이 없는 공기청
정기의 작은 소음이 고요를 찾아 듣게 한다. 아, 현
대의 작곡가들은 이런 소리 도화지에 음을 그려 넣
겠구나, 몽롱한 상태로 생각했다.

'고요'에 대한 정의가 과거와 달라졌음을 많은
예술가와 학자가 지적한다. 예술가나 학자가 아니라
도 쉽게 체감할 수 있는 말이다. 과거에는 아무 소리
도 들리지 않는 정적, 침묵의 상태를 고요로 정의했
다면 오늘날에는 미세한 작은 소리까지 명확히 들어
낼 수 있는 환경을 고요라고 말한다.

머레이 쉐이퍼는 『사운드 스케이프』라는 책에

서 현대사회가 소리의 벽에 얼마나 관대한지 말한
다. 기계의 소음은 소리의 원근감을 지우고, 내용도
없이 무한히 이어지는 소리로 무감각을 퍼뜨린다.
라디오나 텔레비전, 공공장소에서 흘러나오는 음악
은 인간의 능동적인 사고를 방해하려고, 말하자면
뭔가에 홀린 듯 소비행위를 하게 하려고 존재한다.
아무것도 안 했는데 피로감을 느끼는 이유, 자꾸 어
디론가 떠나고 싶은 이유가 바로 여기에 있다.

　　수백 년 전까지도 인간은 자연을 두려워했다.
예술가들은 자연이 빚어내는 소리의 풍경과 그에 대
한 경외감을 작품으로 표현했다. 베토벤이 뒷짐을
진 채 숲속 길을 걸으며 썼다는 교향곡 6번 〈전원〉
에도, 리하르트 슈트라우스가 쓴 〈알프스 교향곡〉에
도 자연에 대한 두려움과 경이로움이 녹아 있다.

　　"중요한 일을 하는 건 자연이고, 작곡가는 비
서다."*

　　쉐이퍼의 명언은 20세기 작품들에도 적용된
다. 쇤베르크, 메시앙 같은 뛰어난 작곡가들은 전쟁
이 만드는 공격적인 소음과 공포, 절망을 고스란히

* 머레이 쉐이퍼, 『사운드 스케이프』, 한명호·오양기 옮김,
　그물코, 2008, 172쪽.

악보 위에 기록했다.

　기자가 되고 얼마 지나지 않아 프랑스에서 바이올리니스트로 활동하는 강혜선 선생님에게 전화를 걸어 인터뷰한 적이 있다. 1990년대 초 동양인 최초이자 최연소로 파리 오케스트라 악장이 된 분이다. 그런데 늘 모차르트, 베토벤 같은 비슷비슷한 곡만 연주하는 조직 생활이 갑갑하다며 몇 달 만에 자리를 박차고 나왔다.

　"오래된 음악만 연주하는 음악가들은 모두 게으름뱅이다!"라며 직언을 서슴지 않은 선생님에게 나는 "왜… 왜요?"라고 되물었다. 그런 덜떨어진 인터뷰어에게도 선생님은 나름 친절하게 설명을 덧붙였다.

　"창밖을 내다봐요. 자동차들이 이렇게나 빠른 속도로 지나다니고 있잖아요. 파리에 있는 나와 서울에 있는 당신이 아무런 어려움 없이 대화를 나누고 있기도 하고요. 이런 세상에 살면서 몇 백 년 전에 쓰인 음악만 그대로 반복하고 있다는 게 말이 되나요?"

　이런 전화 인터뷰를 마치고 기사에는 대단히 지적인 대화를 나눈 것처럼 적은 기억이 난다. 선생님의 말을 '이해'한 건 직접 연주를 보고 난 뒤였던 것 같다. 인터뷰 얼마 후 선생님이 귀국해 지휘자 정명훈, 서울시향과 함께 파스칼 뒤사팽이라는 프랑스 작곡가의 바이올린 협주곡 〈상승〉을 아시아 초연한 자리였다.

이 곡은 고음부에서 유영하는 솔로 바이올린과 저음부에서 머무는 오케스트라의 괴리를 드러내며 시작한다. 마치 현대를 사는 하나의 자아가 신을 향해 품은 복잡한 마음을 풀어내는 것처럼 보였다. 악장마다 솔리스트를 극한으로 몰고 가는 건 고독한 투쟁을 치러내는 듯 보이기도 했다. 선생님의 바이올린은 매우 풍부한 소리로 엄청난 긴장감과 추진력을 만들어내며 뚜렷한 색채를 빚어갔다.

혼동과 역동이 멈추고, 그 흔적이 여운으로 바뀔 때쯤 나는 선생님과 나눈 대화를 다시 떠올렸다. 쿨한 단발머리에 감색 드레스와 플랫슈즈, 무대 위 당당한 표정까지. 갓 태어난 예술이 세상에 던져지던 그 순간의 소중한 경험이 마음속 깊은 곳에 단단히 자리 잡았다. 들어 즐거운 음악이 있는가 하면 이렇게 지적 허기를 채워주는 음악도 있다.

예술은 어느 시대를 딛고 살아가는 예술가의 기질, 감각, 감수성 같은 것들로부터 토해진다. 그것이 단 몇 명의 관객에게만 가닿는다고 해도, 그저 기록물처럼 후대에 전해지기만 한대도 무의미하다고 말할 수는 없다. 예술의 가치란 그 시도 자체에 있기도 하고 또 그 평가가 각기 다른 때에 완결되기도 하니 말이다. 듣는 행위에 자유를 누리게 한다는 점, 능동적 발견의 기쁨을 준다는 사실만으로도 동시대 음악을 즐길 이유는 충분하다. 그렇기에 나는 자꾸만 새로 태어나는 음악에 귀를 기울인다.

## 작곡가가 하는 일

작곡가들은 세상의 소리 풍경을 영감으로 삼는다. 지금 내가 사는 시대를 하나의 소리 풍경으로 삼은 음악 작품을 감상하면서 새로운 작법과 시도를 발견하는 일은 언제나 재미있다.

글이 잘 풀리지 않을 때, 음악에 대한 뭔가 궁금한 것이 생기거나 참신한 생각이 떠오를 듯 말 듯 잘 정돈되지 않을 때, 아니면 그저 충만한 기운을 느끼고 싶을 때라도 펼쳐보는 책 두 권이 있다. 음악평론가 알렉스 로스가 쓴 『나머지는 소음이다』, 작곡가 존 케이지가 쓴 『사일런스』다. 이 책들로부터 나는 원하는 전부를 얻는다. 책의 어느 부분을 턱 펼쳐도 무릎을 칠 만한 문장들을 찾을 수 있다.

『나머지는 소음이다』는 20세기에 일어난 모든 음악 사건을 하나하나 쌓아 올리듯 기록한 꼼꼼한 역사서다.『사일런스』는 존 케이지가 1937년부터 1961년까지 다양한 목적으로 쓴 글이 흩뿌리듯 기록돼 있다. 이 책들은 내가 어려워하거나 쓸모없다고 여기던 추상, 관념 들과 열광하고 좋아하던 음악적 결과물을 선으로 잇는다. 과거와 현재를 연결하고 미래를 점친다. 세상에 떠돌다 사라진 음형들을 다시금 불러와 의미를 부여한다.

　나는 이 책들에서 오늘을 사는 작곡가는 어떤 일을 하는지, 정말 궁금했던 사실들을 알아간다. 다시 읽고 다시 알고, 다시 또 읽고 다시 또 안다. 조금 더 일찍 접했더라면 좋았을 텐데, 늘 생각한다.

　케이지는 일상의 소리를 음악 안에 끌어들였다. 서구 중심의 권위로 존재하는 음악의 개념을 깨부숨으로써 작곡가의 역할을 재정의했다.

　"곡 하나를 쓴다고 이루어지는 건 아무것도 없다."

　그의 책에는 이런 말이 잔뜩 쓰여 있다. 그는 "내면에 있는 것들을 내면에 남겨두는 일, 즉 각자의 감정을 원래 자리인 각자의 마음속에 남겨두는 일"*이 현대의 작곡가가 할 일이라 여긴다.

　　젊은 예술가들을 앉혀두고(강의문도 실려 있다) 음악 창작물이 세상의 온갖 소리와 뒤섞일 것을 예상하고 각오하도록, 감상자들과 함께 듣는 행위의 순수한 기쁨을 느끼도록 격려하고 안내한다. 케이지 덕분에 젊은 예술가들은 냉소주의나 허무주의자가 되는 위험에서 벗어나 적극적으로 예술 활동을 할 힘을 얻는다. 케이지는 무대 위에서 침묵하는 피아노 독주곡 〈4분 33초〉를 선보이거나, 주사위로 던져 무작위로 음을 선별하는 작곡법을 취했다.

　　한편 샌프란시스코 북쪽 끝 숲속 깊숙이 있는 '작곡 헛간'에서 작업한다는 미국 작곡가 존 애덤스는 위로 들어 올리는 문을 열고 삼나무 냄새가 강하게 나는 그곳에 들어가 전자 키보드와 컴퓨터를 앞에 두고 "앞으로 작곡되어야 할 모든 것이 지키고 있는 침묵을 쪼아댄다"고 한다.**

　　현대의 작곡가들은 과연 자연과 테크놀로지가 뿜어대는 소음 속에서 침묵을 더듬어 살피고 들려야

---

*　존 케이지, 『사일런스』, 나현영 옮김, 오픈하우스, 2014, 303쪽.

**　알렉스 로스, 같은 책, 767쪽.

할 것을 두드려 깨우는 존재다. 우연성과 필연성이라는 분열된 방법에 기대어 새로운 세계를 창조하려 애쓰는 사람들이다.

팔백 몇 페이지 두께의 『나머지는 소음이다』의 맨 마지막 문장은 드뷔시의 말이 적혀 있다.

> 상상 속의 나라, 즉 지도 위에서 발견할 수 없는 나라로 가는 길을 오늘날의 작곡가들이 보여준다.

갖가지 판타지가 게걸스럽게 들리는 소리 풍경에서 미지의 세계를 지어 올려 귀로 듣게 하는 게 그들이 하는 일이다. 스스로 질문을 쓰고 답을 내리는 작곡가들의 작업이 궁금한 이유다.

## 미니멀리즘 음악이 좋은 이유

며칠 전 〈머큐리(Mercury)〉(2017)라는 곡을 우연히 알게 된 후 계속해서 반복하고 있다. 수프얀 스티븐스, 제임스 맥앨리스터, 브라이스 데스너, 니코 멀리가 함께 만든 음반 〈플래네테리움(Planetarium)〉

의 맨 마지막 트랙이다. 운전하면서도 듣고 집에 올라와서도 계속 이어 듣고 있다.

잘 쓰인 미니멀리즘 작품은 크고 깊은 우물 안에 가둬지는 것 같은 감흥을 준다. 그 안에서는 시간의 흐름도, 방향 감각도 알아채지 못한다. 우물 안에 고인 채로 천천히 표류하면서, 그렇게 둥둥 떠 있는 듯한 기분을 만끽하도록 만드는 게 미니멀리즘 음악이다. 그러니 한번 빠져들면 멈추기가 어렵다.

현대음악 사조 중 1960년대 미국에서 처음 만들어진 미니멀리즘 음악을 좋아한다. 서사를 과감히 지우고 음향, 그 효과의 자율성을 강조하는 음악이다. 전개, 발전이라고 할 만한 것이 없다. 그저 지속함으로써 존재한다. 브라이언 이노는 이를 두고 "이야기 구조에서 벗어나 풍경을 향해 나아가는 이동"* 이라고 정의했다. 모호한 방향성에 흔들리면서, 각기 다른 파동에 표류하면서, 반복과 변주로 하나의 세계를 어렵게 창조한다.

이런 미니멀리즘 작품들을 들으면서 현대의 인간들과 잘 어울리는 음악이라는 생각을 한다. 아스팔트 위를 달리고, 대량 생산된 음식을 먹고, 반인륜

* 알렉스 로스, 같은 책, 710쪽.

적인 뉴스를 흘려듣고, 기계 소음과 뒤섞여 살아가는 우리의 일상에 잘 스며든다.

듣는 사람에 따라 현실 도피 같은 몽상처럼 들리기도 할 것이다. 다른 누군가는 디스토피아로 가는 여정처럼 혹은 원초적인 무언가로 회귀하는 것처럼 느낄 수도 있다. 아니면 그저 평온한 상태일 수도 있겠다. 생각을 잠시 멈추고 어딘가에 고여 숨을 고르게 하는 건 분명하다.

〈머큐리〉 외에 아르보 패르트의 〈거울 속의 거울〉(1978), 요한 요한손의 〈플라이트 프롬 더 시티(Flight from the City)〉(2016), 올라퍼 아르날즈의 〈ekki hugsa〉(2018)를 자주 재생한다. 미니멀리즘 작품 중에서는 우울하게 추락하는 듯한 곡들도 많은데, 이 세 곡은 내가 어디에 있든 어떤 마음으로 있든 폭신폭신한 이불을 확 둘러 덮어준다. 언제라도 마음이 포근해지고 따뜻해지고 편안해진다.

바이올린과 피아노로 편성된 〈거울 속의 거울〉은 영화 〈어바웃 타임〉에서 첼로와 피아노 편성으로 등장한다. 〈플라이트 프롬 더 시티〉와 아이슬란드 말로 '생각하지 마(Don't think)'라는 뜻인 〈ekki hugsa〉는 훌륭하게 만들어진 뮤직비디오가 있어 감상을 돕는다.

하염없이 반복하다 보면 화자가 없는 이야기를 듣고 있는 것 같기도 하고, 초점 없는 그림이나 사진을 들여다보고 있는 것 같은 기분도 든다. 고요한 침잠, 거추장스럽거나 작위적이지 않은 노래, 욕망이나 허상 같은 것들로부터 자유롭게 부유하는 장면들이 마음을 다독여준다. 요즘은 정말이지 이런 게 귀하지 않나.

### 코데타(Codetta)

이 책을 쓰기 시작했을 무렵 나는 매우 무기력해져 있었다. 첫 글에서 마음을 짓누르고 있던 물음표에 대해 고백했는데(음악은 음악으로만 말할 수 있는 것 아닌가, 그렇다면 말은 필요 없는 것 아닌가 하는 그 물음표 말이다), 당시의 나는 그 무게가 꽤 버거웠던 듯하다.

초심자의 행운이라는 말이 있다면 중급자의 비관, 절망, 이런 말도 있으려나. 나름대로 기자 일에 익숙해지자 초심 같은 건 잃어버렸다. 타협하는 마음과 피로감을 쳇바퀴처럼 굴려가며 적당히 버티고 있었다.

더욱이 예술이라는 세계는 나르시시즘 같은 정

서를 밑바닥에 깔고 있다. 천재, 자아도취, 몰아, 이런 단어와 맞닿아 있는 언어의 세계에 조금씩 반감을 쌓았다. 그리고 결국 그렇게 허무의 경지에 다다르고 말았다.

그 시기의 내가 가장 많이 했던 말은 '맘대로 해' 아니면 '뭐가 그렇게 달라진다고', '나도 모르겠다' 같은 거였다. 음악이라는 실체 없는 것들을 위한 노력과 그로 인한 실체 없는 결실, 애써봤자 별로 다를 것도 없다는 생각들이 내 안에서 오만함과 비겁함을 키웠다. 한 번도 길게 쉰 적 없는 직장 생활을 정리하고 대학원을 소극적으로 오가며 아무것도 하기 싫다는 말 뒤에 아무것도 못 할 것 같은 마음을 숨기고는 그렇게 지냈다.

내가 이렇게나 좋아하는 게 많고 하고 싶은 이야기가 많았는지 몰랐다. 책을 쓰기 시작한 때와 비슷한 시기에 우연한 계기로 우리 집에 온 구미와 시간을 보내면서, 사랑의 실체를 만지면서, 그렇게 열정과 애정, 용기와 활력 같은 것들을 되찾게 됐다. 마지막 장을 적는 이 순간의 마음이란 단출함, 홀가분함이다.

물음표는 여전하다. 음악은 음악으로만 말할 수 있다. 그래도 이제는 이 사실을 즐겁게 인정한다.

그러고 나니 손에 잡히지 않는 것을 향한 애씀, 그로부터 얻는 무수한 감정이 무의미 혹은 공허에 자리를 빼앗기지 않도록 더 많이 말하고 나누고 싶다.

# 추천하는 음악

책에 등장한 작품의 음반, 음원, 영상 추천 목록을 덧붙인다.
지극히 주관적인 감상 기준에 따른 것임을 밝혀둔다.


## 좋아하는 마음

### 말러 교향곡

말러의 교향곡에 대해 말한다면 단연 지휘자 레너드 번스타인을 가장 먼저 떠올릴 수 있다. 1960년대 초 번스타인이 뉴욕 필하모닉과 말러의 교향곡 작품을 적극적으로 청중에 소개한 후 유럽 전역에서 말러의 교향곡들을 무대에 올렸고, 전 세계에 말러 애호가들이 생겨났다. 매끄럽게 정제된 해석, 뛰어난 음질을 자랑하는 다양한 버전의 음반이 있는데 번스타인과 빈 필하모닉 오케스트라의 자유분방하고 거친 연주가 말러 교향곡의 본질을 가장 잘 드러낸다고 본다. 도이치 그라모폰 레이블에서 1989년 발매한 교향곡 6번 〈비극적〉을 가장 좋아한다.

말러 교향곡의 입문 곡이라 불리는 1번 〈거인〉으로 시작한다면 마리스 얀손스와 로열 콘세르트헤바우 오케스트라 (RCO Live 레이블, 2007)와 클라우디오 아바도와 베를린 필하모닉 연주(DG 레이블, 1991)도 좋다.

스트라빈스키 〈봄의 제전〉

에사 페카 살로넨이 지휘한 필하모니아 오케스트라의 연주(Sony, 1990)가 명반으로 널리 알려져 있다. 사이먼 래틀이 지휘한 베를린 필하모닉 오케스트라의 음반(Warner 레이블, 2013)도 균형 잡힌 합주와 날 선 표현, 뚜렷한 색채감이 돋보이는 뛰어난 기록물이다. 베를린 필하모닉 오케스트라 공식 유튜브 페이지에서 일부를 무료로 감상할 수 있다.

## 좋겠다, 차이콥스키는

라흐마니노프 피아노 협주곡 2번

건반을 지배하는 듯한 압도적인 연주를 만끽하고 싶다면 피아니스트 데니스 마추예프가 지휘자 발레리 게르기예프, 마린스키 오케스트라와 협연한 2017년 음반(마린스키 레이블)이 좋은 선택이 될 것이다. 마추예프가 지휘자 유리 테미르카노프, 상트페테르부르크 필하모닉 오케스트라와 연주한 라흐마니노프 2번은 유로아트(EuroArts) 유튜브 채널에서 무료로 감상할 수 있다.

최신의 개성 있는 연주를 꼽자면 다닐 트리포노프(야닉 네제 세겐 지휘, 필라델피아 오케스트라 협연, DG, 2018)

와 카티아 부니아티슈빌리(파보 예르비 지휘, 체코 필하모닉 오케스트라 협연, Sony, 2017)가 있다.

### 차이콥스키 교향곡 6번 〈비창〉

지휘자 예프게니 므라빈스키와 레닌그라드 필하모닉 오케스트라의 음반(DG, 2006)이 비극을 극대화한 명연주로 손꼽히는데 그 묵직함이 버겁게 느껴지기도 한다. 게오르그 솔티가 지휘한 시카고 심포니 오케스트라의 연주(Decca, 2017)와 발레리 게르기예프가 지휘한 마린스키 오케스트라의 연주 음반(마린스키, 2011)도 추천한다.

## 나를 둘러싼 세계

### 앰비언트 뮤직

최초의 앰비언트 장르 앨범이라 할 수 있는 브라이언 이노의 〈Ambient 1: Music for Airports〉는 이노의 창의적인 사고를 고스란히 담은 대표작으로 손꼽힌다. 1977년 음반 〈Before and After Science-Ten Pictures〉의 'By This River'는 자주 재생하는 트랙 중 하나다. 이노는 최근 자신의 영상 음악 작품을 골라 재편집해 시리즈로 발매하고 있는데 그의 음악 세계를 한눈에 살필 수 있는 좋은 기획이다.

# 피아노가 그린 장면들

### 쇼팽 피아노 소나타 2번

러시아 출신 그리고리 소콜로프가 1990년과 1992년에 가진 파리 콘서트 실연(Naive 레이블, 2007)을 즐겨 듣는다. 거친 듯하지만 자신감과 자유로움이 매력적이다. 쇼팽 협회(Chopin Institute) 유튜브 공식 페이지에 가면 조성진의 콩쿠르 참가 영상을 감상할 수 있다. 그의 섬세한 해석과 풍부한 표현력이 고스란히 담긴 귀한 연주 영상이다.

### 슈만 환상곡 C장조

클라우디오 아라우의 1954년의 연주 기록을 SWR Music 레이블이 2018년에 발매했다. 아라우의 연주를 듣다 보면 작곡가 슈만 외에 또 한 명의 창작자를 마주하는 느낌이 든다. 위대한 경지를 보여준다.

### 리스트 피아노 소나타 B단조

블라디미르 호로비츠의 연주(Sony, 2011)는 모든 면에서 완성도가 뛰어나다. 크리스티안 지메르만(DG, 2005)의 매몰차다고 느껴질 만큼 날카로운 연주와 1991년생 러시아 출신 다닐 트리포노프의 2013년 카네기홀 실황(2013)의 생동감 넘치는 연주도 좋다.

# 바흐가 가르쳐준 것

바흐 〈골드베르크 변주곡〉

피아니스트 글렌 굴드는 바흐의 〈골드베르크 변주곡〉을 1955년에 한 번, 1981년에 다시 한 번 녹음했다. 굴드의 이름을 세상에 알린 1955년 버전은 전체 연주 시간이 39분인데 비해 1981년 버전은 47분에 달한다. 1981년은 굴드가 무대를 떠나 녹음 스튜디오에 칩거하던 시기로, 굴드는 총 32곡으로 구성된 이 곡을 1955년 녹음 때와는 달리 처음부터 순서대로 녹음하지 않고 뒤죽박죽으로 연주했다고 한다.

1955년 버전이 〈골드베르크 변주곡〉의 완벽한 질서와 구조를 명쾌하게 또 직관적으로 해체했다가 다시 쌓아 올린 위대한 프로젝트였다면, 1981년 버전은 기이할 만큼 느리게 시작해 극적인 전개를 이어간다. 굴드 스스로 음악성에 더 몰두한 듯한 개성적이고 파격적인 연주다. 소니 레이블은 2013년 두 버전의 연주를 다 담은 합본 음반을 발매했다.

# 남은 이들을 위한 노래

새뮤얼 바버 〈현을 위한 아다지오〉

작곡가가 의도한 바는 아니지만 〈현을 위한 아다지오〉

는 떠난 이를 추모하는 자리에서 여러 차례 연주됐다. 존 F. 케네디 미국 전 대통령과 알베르트 아인슈타인의 장례식에서, 작곡가 자신의 장례식에서도 연주되었다.

이 작품이 생각날 때면 2019년 여름밤 빈의 쇤브룬 궁전 야외무대에서 지휘자 구스타보 두다멜과 빈 필하모닉이 연주한 연주 영상을 유튜브를 통해 본다. 키릴 페트렌코가 지휘한 베를린 필하모닉의 연주 영상도 일부나마 유튜브에서 볼 수 있다.

## 어린아이와 어린아이

슈만 피아노 모음곡 〈어린이 정경〉

슈만 피아노 모음곡 〈어린이 정경〉의 초기 녹음 중 프랑스 출신 피아니스트 알프레도 코르코의 1935년 연주 (Biddulph Records)가 귀한 기록물로 남아 있다. 마르타 아르헤리치의 1984년(DG 레이블) 연주는 슈만 작품의 특징인 예측하기 어려운 변화무쌍한 짜임새와 감정, 음악을 향한 순수한 열망을 잘 드러낸다. 백건우의 최신 앨범(DG, 2020)은 성숙한 어른의 따뜻한 위로 그 자체다.

드뷔시 피아노 모음곡 〈어린이 세계〉

도이치 그라모폰 공식 유튜브 페이지에 랑랑이 연주한

드뷔시 〈어린이 세계〉 1번과 조성진이 연주하는 〈어린이 세계〉 6번이 각각 업로드되어 있다. 전자는 파리의 낭만적인 밤 풍경을 배경으로, 그에 못지않게 비현실적인 랑랑의 환상적인 연주를 들려준다. 베를린의 한 스튜디오에서 촬영한 조성진의 영상은 그의 손을 가까이에서 다양한 각도로 보여주어 보는 즐거움과 듣는 즐거움을 동시에 느낄 수 있다.

## 파리의 산책자

드뷔시 〈목신의 오후에의 전주곡〉

지휘자 에사 페카 살로넨과 필하모니아 오케스트라의 연주(Signum, 2013)는 황홀감에 빠져들기에 충분하다. 2016년 사이먼 래틀은 〈사이먼 래틀이 안내하는 20세기 음악의 역사〉라는 DVD를 발매한 바 있는데, 드뷔시에 대한 래틀의 친절한 설명과 함께 버밍엄시교향악단의 연주로 이 작품도 들을 수 있다.

드뷔시 〈전주곡〉 Book I & II, 〈영상〉 Book I & II

프랑스 출신 피아니스트 피에르 로랑 에마르의 연주는 지성적인 매력이 가득하다. 철학적인 이야기를 아주 세련되고 품위 있는 방식으로 듣고 있는 기분이라고 할까. 〈전주곡〉 1권, 2권은 도이치 그라모폰에서 2012년에 발매, 〈영상〉 1권,

2권은 워너 레이블에서 2003년에 발매했다.


에릭 사티 〈세 개의 짐노페디〉, 〈여섯 개의 그노시엔느〉

프랑스 피아니스트 알렉상드르 타로는 2009년 아르모니아 문디(Harmonia Mundi) 레이블에서 에릭 사티의 피아노 작품, 성악곡을 집대성했다. 첫 번째 짐노페디, 그노시엔느 전곡이 포함되어 있다. 짐노페디의 전곡을 감상하고 싶다면 데카 레이블에서 발매된 프랑스 피아니스트 장 이브 티보데의 2016년 앨범도 훌륭한 선택이다.


## 영화를 위한 음악

에런 코플런드 〈애팔래치아의 봄〉

에런 코플런드가 직접 지휘한 보스턴 심포니 오케스트라의 음반(RCA Victor, 1993)이면 충분하다.


조지 거슈윈 〈랩소디 인 블루〉

1927년 〈랩소디 인 블루〉 최초의 녹음인 폴 화이트먼 밴드의 연주(RCA Victor)를 여러 음원 플랫폼에서 쉽게 들을 수 있다. 당시 12인치 레코드 두 면에 곡 전체를 담기 위해 서둘러 연주했다고 한다. 부자연스러운 빠른 템포, 깨끗하지 않은 음질이지만 오래된 할리우드 영화를 돌려보는 듯한 특유의 낭만을 느낄 수 있다. 영화 〈환타지아 2000〉을 통해 애니메이션과 함께 감상하는 것도 이 곡을 만끽하는 방법 중 하나다.

## 현대음악 이야기

### 테리 라일리 〈In C〉

테리 라일리는 53개의 조각 악보를 한 장에 그려 넣고 연주자 각각이 이것들을 원하는 때에 시작해 원하는 속도로, 원하는 만큼 반복하도록 지시했다. 테마(라일리는 '모듈'이라고 썼다)는 전부 C장조 음계의 일곱 음표에서 도출한 것으로, 전체를 한 쌍의 C옥타브가 묶어준다는 점에서 〈C음으로(In C)〉라는 제목이 붙었다. 초기 미니멀리즘 대표작이다. 테이트 모던의 공식 유튜브 페이지에서 아프리카 익스프레스(Africa Express) 멤버들이 참여한 뛰어난 〈In C〉 라이브 영상을 무료로 감상할 수 있다.

### 스티브 라이히 〈Drumming〉

스티브 라이히가 1970년 가나에서 배워 온 다양한 타악기로 구성한 미니멀리즘 역작. 봉고 연타가 미세하게 다채로운 변화를 만들고 마림바, 여성의 목소리, 글로켄슈필, 피콜로 등의 톤이 겹쳐지며 무한한 우주를 유영하게 만든다(Nonesuch

레이블, 1987). 〈Drumming〉에 맞춰 안느 테레사 드 케이르 스마커가 안무한 현대무용 무대를 로사스 댄스 컴퍼니 유튜브 페이지에서 감상한다면 귀한 경험이 될 것이다.

아르보 패르트 〈거울 속의 거울〉

ECM 뉴 시리즈 레이블에서 발매한 1999년 아르보 패르트 작품집에는 각각 악기를 달리한 세 가지 버전의 〈거울 속의 거울〉이 담겨 있다. 2018년 오닉스 레이블에서 발매한 아르보 패르트 작품집은 빅토리아 뮬로바의 음색으로 〈거울 속의 거울〉을 들을 수 있다.

나를 만든 세계, 내가 만든 세계
'아무튼'은 나에게 기쁨이자 즐거움이 되는,
생각만 해도 좋은 한 가지를 담은 에세이 시리즈입니다.
**위고, 제철소, 코난북스,** 세 출판사가 함께 펴냅니다.

아무튼, 클래식

1판 1쇄 발행 2021년 3월 12일
    5쇄 발행 2024년 5월 20일
지은이 김호경
펴낸이 이정규
펴낸곳 코난북스
출판등록 제2013-000275호
전화 070-7620-0369
팩스 0505-330-1020

conanpress@gmail.com
conanbooks.com
facebook.com/conanpress

ISBN 979-11-88605-18-7 02810